授かりました！　さようなら！
転生令嬢の逃走子育て

七福さゆり

Illustration
霧夢ラテ

gabriella books

授かりました！　さようなら！
転生令嬢の逃走子育て

contents

プロローグ　突然の来訪者

「おかあさま、みてー！　おさかながいたよ！」

「ルネ、あまり身を乗り出さないでね。危ないわ」

私、マルグリット・ガルシアは、ボートから身を乗り出し、湖の水面を覗《のぞ》いている愛息子のルネの腕をしっかりと掴《つか》む。

「へいきだよ！　それよりもおさかなをみて！」

「駄目よ。ほら、ちゃんと座って」

「そうですよ。ルネ様、しっかりとお座りいただかないと、私の膝の上に乗せてしまいますよ」

「やだっ！　ちゃんとすわるから」

私と侍女のミシェルに注意されたルネは渋々座り直し、「ほら、あそこ！」と魚を指さしている。

魚よりも、小さくて愛らしい手に注目してしまう。

はあ……なんて可愛《かわい》い手なのかしら。こんなに小さいのに、ちゃんと人間の形をしているのが、未《いま》だに不思議で仕方がないわ。

「おかあさま、みた？　おさかな！」

「ええ、見たわ。可愛いわね」

ガルシア公爵家の一人娘として生を受けた私は、十八歳まで王都で過ごした後、領地に引っ越してルネを産んだ。

父親はいない。こうしてミシェルや屋敷の使用人たちの力を借り、一人で育てている。

ボートから降りると、ルネは蝶《ちょう》を見つけて走り出す。今年で三歳、やんちゃ盛りだ。

「ルネ様、楽しそうですね」

「ええ、ここは自然が多いから、ルネにとって良い環境で育てられて嬉《うれ》しいわ」

「マルグリットお嬢様、ルネ様のお父様は……」

「……ミシェル、ごめんなさい。いくら大切なあなたであっても、教えられないの」

ルネは私譲りの金色の髪に、曾祖父《そうそふ》からの遺伝を受けた紫色の瞳、顔立ちも私そっくりで、誰が見ても父親が誰かは予測が付かないはずだ。

助かったわ。

でも、幼少期と成長した姿は変わることもあるって言うし、大丈夫だろうか……いや、悩んでいても仕方がない。この秘密は、絶対に隠し通さないといけない。

「ルネ、転ばないように気を付けるのよ」

声をかけてもルネは蝶に夢中で、私の声は届いていないようだ。

「もう……」

「私が見ていますので、ご心配なさらず」

「ええ、ありがとう」

湖畔に座って、ミシェルとルネが遊ぶ姿をぼんやり見ていると、胸の中が温かくなって幸せで胸がいっぱいになる。

この穏やかな時間が、どうか永遠に続きますように――。

花冠《はなかんむり》を作っていると、ルネが寄ってきた。

「おかあさま、なにしてるの？」

「花冠を作っているのよ。ほら、可愛いでしょう？」

できあがった花冠をルネに被《かぶ》せてあげると、紫色の目をキラキラ輝かせる。

「ぼくもつくりたーい！　おかあさま、おしえてっ！」

「ええ、いいわよ」

「ミシェルもつくろうよ！」

「ええ、ご一緒させていただきます」

「ふふ、じゃあ、皆で作りましょう」

花冠づくりに夢中になっていると、風が強くなってきた。

水場だから、風が冷たく感じるわ。そろそろ屋敷に戻った方がいいかしら。ルネは嫌がるだろうけれど、風邪を引いたら大変だものね……。

「ルネ、ミシェル……あっ」

強い風が吹いて、私の帽子が宙を舞った。

「マルグリットお嬢様、私が取ってまいります」

「大丈夫よ。ルネのことを見ていてくれる？」

取りに行こうと立ち上がり、振り返ったその時――。

「やっと、会えた」

燃えるような赤い髪、神秘的な金色の瞳を持つ美しい男性が、私の帽子を持って立っていた。

嘘《うそ》、どうしてこの人が……。

「ラウル王子……」

パシフィカ国第一王子ラウル・レノアール、私の初めての人で、ルネの父親だ。

どうして、こんな所に……!?

第一章　素敵な思い出

何を言っているのだろうと思われるかもしれないけれど、実は私は、この世界の人間ではない。

そのことに気が付いたのは、三歳の頃だった。

「マルグリット……マルグリット、しっかりして……ああ、なんてことなの……神様、私たちのマルグリットをどうかお救いください……」

「マルグリット、聞こえるか？　お父様がなんでもお前の望みを叶《かな》えてあげよう。だからどうか死なないでくれ……お願いだ……」

高熱を出した私はうなされ、生死を彷徨《さまよ》っていた。

私、死んじゃうの……？　また……？　あれ？　また？　またって、いつ？

その瞬間、私は前世の記憶を思い出した。私が生まれ育ったのは現代日本、小さい頃から身体が弱くて入退院を繰り返し、病気が悪化して死んでしまった。

そして、マルグリット・ガルシア……それは生前読み始めた恋愛小説の主人公の名前と同じ。金色の長い髪、深い森のような瞳に美しい顔立ちと、小説に書いていた特徴とも一致している。

まさか、物語の世界のようなことが、私にも起こるなんて……！

私が良く見てきた話では、一度読んだ物語だからこの先に起きることがわかるので危機を回避する……という流れだった。

でも、私は違う。なぜなら、読み始めたところで命を落としたからだ。

最後まで読んでから死んでよ！　私！

とりあえず、ここが恋愛小説の中で、主人公に生まれ変わったことはわかる。でも、その他がまったくわからない。

この小説には何人か男性の登場キャラがいて、表紙は主人公しか描かれていなかったし、あらすじを見ても誰と恋愛するのか読めなかった。

そして私はネタバレNG派なため、事前情報は入手していない。

でも、この人とくっ付いてほしいなと思う推しはいた。

第一王子のラウル・レノアールだ。

赤い髪に金色の瞳をした美しい青年で、物腰がとても柔らかい。歳が近いこともあり、マルグリットとはよく遊んだこともある仲だった。

幼い時、二人は王家所有の森で遊んでいて迷子になってしまった。幼いのだからラウル王子だって不安だったはずなのに、彼は必死にマルグリットを励ましていた。

なんて優しい子なの……！

見た目もドストライクだったけれど、その健気《けなげ》さが私の心を撃ち抜いた。

ラウル王子とこの世界で出会ったのは、私が前世の記憶を思い出してからだ。

「初めまして、ラウル・レノアールです」

ああ……推しが可愛い！

挿絵には成長した姿しか描かれていなかったから、幼少期のラウル王子を見ることができるなんて幸せだ。私は幼い推しとの時間を大切に過ごした。

小説であった森で迷子になったシーンも経験した。実際に体験すると、小説を読んでいる時よりも健気さが伝わってきて、撃ち抜かれていた心にさらなる銃弾を撃ち込まれたのだった。

彼と過ごしていく中で、第一王子という立場柄、とても厳しく育てられ、抑圧されて生きていることがわかった。

それでも後ろ向きになることなく、真《ま》っ直《す》ぐに前を向いて成長していこうとするラウル王子のことを、私はますます好きになった。

どうかラウル王子と結ばれますように！

前世は病気でずっと入退院を繰り返して死んでしまったから今世では健康で幸せに過ごしたい——。

そう思っていたのに、私は十歳になった頃から何度も体調を崩すようになり、ベッドから出られない生活を送っていた。

「マルグリットお嬢様、すり下ろしたりんごをお持ちしました。少しは召し上がっていただかないと、お身体が持ちません」

「マリア……ありがとう……」

当時私の侍女を務めてくれたマリアはとても優しくて、料理長と相談し、何も食べられない私でも口にできそうなものを持ってきてくれて、献身的に看病してくれた。

「早く元気になって、元気なお姿を見せてくださいね」

「ありがとう……あのね……私、今は病気ばかりだけど、小さい頃はすごく元気だったのよ。お庭もたくさん走り回っていたの。マリアが来てすぐにこんなことになってしまったけれど、私が元気だった姿、少し見たことあるわよね？」

「ええ、少しだけ拝見できました。また、マルグリットお嬢様が元気なお姿を見たいです」

「見せるわ……頑張る……」

「素晴らしいです。そのためには、召し上がっていただかないと」

「そうね……食べないと……」

気持ち悪いから、何も食べたくない。でも、死にたくない。

マルグリットの両親、マリアを含めた使用人たち、友人、皆とても良い人たちで、心から心配してくれていた。

これ以上心配かけたくないわ。早く元気にならなくちゃ……。

それからも私は何度も体調を崩し続け、とうとう十八歳になった年、王都の空気が身体に合わないのだろうということになり、空気のいい領地の屋敷に引っ越すことが決まった。

おかしい……！

私は主人公なのに、どうしてこうも体調を崩してばかりなの⁉　というか、体調を崩すってレベルじゃないわ。死にそうよ⁉

おかげで部屋に引きこもってばかりで、社交界にも全然出られていない。

こういう時代の恋愛小説って、ラブイベントがあるとすれば、そういう華やかな場面じゃないの⁉もしかして、恋愛小説って言ってもハッピーエンドじゃない？　まさか、悲恋もの？　そもそも好きな人はいても、子供の頃に会えただけで今はまったく会えていないじゃない！

「冗談じゃないわ……！」

不運な人生はうんざり！

ここを離れることになれば、私の推しのラウル王子と結ばれる機会は訪れないだろう。そもそもこの調子じゃ、今後生きていられるかもわからない。

生い先が短いのなら、せめて思い出が欲しい。もう、この際、ワンナイトラブでいい！

「マルグリットお嬢様、どうなさいましたか？」

「今日、王城で行われる仮面舞踏会に出席するわ。準備をしてくれる？」

家族やマリアが居たら、心配で止めることだろう。けれど幸いなことに家族は出かけているし、マリアは一週間休暇を貰《もら》っている。

そして今日は、体調がいい。もう、今日を逃したらチャンスはない。

行くわよ！　マルグリット！

「えっ！　ですが……」

「お願い。もう、今日しかないの。今日を逃したら私、もう二度と社交界には出られないわ。皆には迷惑をかけないようにする。お父様に何か言われたら、私が無理に準備させたって言うわ。だから……」

「かしこまりました……」

使用人たちが同情して、準備を整えてくれた。

病気でほとんど夜会には出席したことがないのに、公爵令嬢という立場上、かなりの数の招待状が送られてくる。

招待状がなければ入場できないからよかったわ。

「マルグリットお嬢様、とてもお美しいですわ」

「ありがとう。皆のおかげよ」

鏡に映ったマルグリットは、さすが主人公ということだけあってとても美しかった。

ハーフアップにした黄金色の髪、深い森のような大きな瞳、雪のような白い肌、ぽってりとした形のいい唇、どれも完璧な配置で、精巧に作られた人形のようだ。

目元だけ隠れる仮面をかぶっても、溢《あふ》れる美しいオーラは隠しきれない。

これが自分の姿っていうのに、未だに慣れないのよね。

「今日は仮面舞踏会なので、仮面をつけないといけないのですよね？　勿体《もったい》ないですわね」

「ええ、今日は仮面を外してはいけないの」

仮面舞踏会のルールは、仮面を外してはいけない。そして、素性を明かしてはいけないこと。

髪色と目の色が特徴的な人なら、話さなくても誰だかわかるだろう。ラウル王子もそうだ。

赤い髪と金色の目はこの国では珍しい。

でも、マルグリットの髪と目の色はそこまで珍しいものではない。社交界にもほぼ出ていないから、仮面を付ければ誰だかわからないはず。

女性から声をかけることはルール違反だから、ラウル王子と踊りたければ、彼から声をかけてもらわなければならない。

ラウル王子に興味を持ってもらうには、目立たなければいけないだろうということで、所持している中で一番目を引く赤いドレスを着て、馬車で王城に向かった。

成長したラウル王子は、どうやら女性関係が派手らしい。お堅い人なら難しいかもしれないけれど、そういうのに奔放な人ならチャンスがあるかもしれないわ。

用意をし始めたのが遅かったから、仮面舞踏会はすでに始まっていた。

眩《まばゆ》いシャンデリアの下、色とりどりのドレスに身を包んだ女性たちが、男性の手を取ってくるくるとダンスを踊っていた。

まるで太陽を見上げた時のようだ。あまりの輝きにクラクラして貧血を起こしそうになる。

マルグリット、しっかりして。ここで倒れるわけにはいかないわ。ラウル王子に近付くのよ。

ラウル王子の姿は、女性たちの熱い視線を辿《たど》っていけばわかる。

——ほら、いたわ。

ラウル王子は女性と踊らずに、壁際に立って青年と談笑している。

踊らないのかしら。それとも、一通り踊って休憩しているだけ？

私がソワソワしているのと同様に、他の令嬢たちもそうだった。

ライバルの数が多いわ。なんとしても、出し抜かないと……！

「美しいレディ、私と踊っていただけませんか？」

ラウル王子に夢中になっていたら、男性に声をかけられた。

「あ、い、いえ、すみません」

今の私の身体だと、一曲踊るだけでも精一杯だわ。ラウル王子のために取っておかなくちゃ。

それから何人もの男性に声をかけられ、断るのに精いっぱいで、ちっともラウル王子に近付けない。

さすが主人公マルグリット……！　やっぱり仮面をつけていても、美しさは隠し切れないのね。それにしても疲れたわ。少し、外の空気でも吸って、休憩しましょう。

私はホールを後にし、庭に出た。

ああ、外の空気が心地いい。病気がちだから、こうして外を歩くこともしばらくできていなかった。こうして外を歩けるって、なんて素晴らしいことなのかしら。

草や花の香りを乗せた風は、とても落ち着く匂いがする。大きな月が浮かんだ煌《きら》めく星空は、どんな宝石よりも美しい。

「なんて素敵なのかしら……」

噴水の前にあるベンチに腰を下ろす。

月明かりが噴水を照らして、キラキラ輝いて美しい。夢のような光景に夢中でいると、隣に誰かが立ったことに気が付いた。

「えっ」

驚いて隣を見ると、ラウル王子が立っていた。

「ラウル王子……」

「俺の髪と目の色だと、仮面を付けていても意味がないね」

「あっ……ごめんなさい」

いくらバレバレでも、仮面舞踏会で素性に触れるのはルール違反だ。

ラウル王子は仮面を取ると、にっこりと微笑《ほほえ》んだ。

「いいよ。気にしないで」

あまりの美しさで、眩《まぶ》しい……！

「キミのことも知りたいな」

名乗っては、一線を引かれてしまうかもしれない。

近しい距離の女性に手を出すのは面倒なことになるかもって思われる可能性があるものね。今日は深い関係になる最後のチャンスなのよ。それは困るわ。

「内緒にさせてください」

「……わかった。そういうルールだから、残念だけど仕方がないね」

よかった。強引に名乗れって言われたら、王子の命令だもの。逆らえないところだったわ。

でも、ラウル王子は、そんな強引なことを言う人じゃないってわかっている。そういうところが、好きなんだもの。

「隣に座ってもいい？」

「ええ、もちろんです」

ラウル王子が隣に座るとフワリと爽やかないい香りがして、心臓がドキドキ早鐘を打つ。

「キミはこんな所で何をしていたの？」

「少し疲れてしまったので、休憩をしていたんです。ラウル王子は、どうなさったんですか？」

「キミが外へ出て行くのが見えたから、追いかけて来たって言ったら……どうする？」

「えっ」

それって、脈ありってこと!?

「う、嬉しいです。すごく……私、今日はラウル王子とお会いしたくて参加したので」

グイグイ行きすぎかしら。でも、これが最後のチャンスなんだもの。後悔したくないわ。

「本当に……？　うわ、すごく嬉しいよ。光栄だ」

ラウル王子は目を見開き、口元を押さえる。

社交辞令ではなく、本当に嬉しそうだわ。

彼なら女性に好かれるなんて日常茶飯事のはずなのに、こんなに嬉しいと感じてくれるものなのかしら。

脈ありなことに喜びつつ疑問を感じていると、手を握られた。

「あっ」

「ごめん。嫌かな？」

ラウル王子が手を引こうとするので、私は慌ててその手を掴んだ。

「離さないでっ！　嫌なんかじゃないです。嬉しいです。だ、だから……」

「よかった」

長い指が私の指と絡み、所謂《いわゆる》恋人繋《つな》ぎをされた。

きゃあああっ！　こ、こんな親密な握り方をしてくるなんて！

いやいや、こんなことで騒いでいてどうするの！　これから私は、ラウル王子と一線を越えるのよ！

しっかり、マルグリット！

「たくさんの男にダンスを誘われていたね」

「ご、ご覧になっていたんですか？」

断るのに必死で、全然気が付かなかったわ。

「うん、ずっと目で追っていたんだ。どうして誘いを受けなかったの？」

「ラウル王子としか、踊りたくなかったからです」

他の男性と踊ったら、体力が尽きてしまうもの。でも、余計なことは言わない方がいいわね。マルグリットだって気付かれないように、徹底しなくちゃ。

「嬉しいな……ああ、まさか、今夜キミに会えるなんて思わなかった」

やっぱり、脈あり……!?

「あの、ラウル王子……お願いがあるんです」

「何かな?」

緊張と恥ずかしさで、心臓が口から飛び出しそう。

落ち着いて私……勇気を出すのよ!

「……っ……ず、ずっと、お慕いしていました……こ、今夜……私に、す、素敵な思い出をくださいませんか?」

ああ、噛《か》み噛みだわ。練習しておけばよかった。

「えっ」

ラウル王子は驚いている様子だ。

自分から誘うなんて、はしたない女だと幻滅する?

お願い……幻滅しないで! この誘いに乗って どうかこの手を離さないで……!

祈るような気持ちで、握った手にギュッと力をこめる。

「とても嬉しいよ。えっと、思い出がほしい……というのは、どういう意味で?」

「え?」

「お話をして思い出を作るという意味？　それとも、こういう意味？」

ラウル王子は私の顎を持ち上げると、綺麗な顔を近付けてきた。

心臓が破裂しちゃう……！

「こ、こ、こ、こういう……意味です」

直視できず目を瞑《つぶ》ると、唇を重ねられた。

「んっ」

初めてのキスは、柔らかくて、温かくて、夢みたいな感触だった。

ラウル王子は私の唇をちゅ、ちゅ、と吸い上げてくる。

「んん……っ」

キスって、なんて気持ちいいの……。

握っている手に、さらに力が入った。ラウル王子は私の手をギュッギュッと握り返しながら、唇を吸ってくる。

生まれて初めてのキスに夢中になっていると、ラウル王子の長い舌が私の唇の間を割って侵入してきた。

「ん……っ」

し、舌が……！

長い舌が別の生き物みたいに動いて、咥内《こうない》を刺激してくる。

「んんっ……ん……ふ……んぅ……っ」

嘘……す、すごい……ラウル王子の舌が口の中で動いて……あっ……あっ……どうしよう。ものすごく気持ちいいわ。

唇を吸われていた時以上の快感がやってきて、とろけそうになる。刺激を与えられているのは口の中なのに、お腹《なか》の奥がすごく熱い。

座っていられなくなりそうになったその時、ラウル王子が唇を離した。

嘘……キスで終わり？　もう、これ以上はしてもらえないの？

「ラウル……王子……」

この先に進んでほしいとお願いしたくても、舌がとろけて上手《うま》く話せない。

「俺の部屋に、連れて行ってもいい？」

耳元で囁《ささや》くように尋ねられ、私はすぐに頷《うなず》いた。

あ……でも、今私動けるかしら。

私が動くよりも早く、ラウルが私を抱き上げた。

「じゃあ、行こうか」

「えっ！　ラ、ラウル王子……っ⁉」

「ん？　どうかした？」

「わ、私、自分で歩きますから……」

「嫌だ。離したくない」

「え、ええ……っ」

ラウル王子の腕はとても逞《たくま》しくて、私を抱き上げてもビクともしない。

ああ、格好よすぎる……！

「お、重くないですか？」

「ちっとも。このままずっと抱いていたいぐらいだ」

庭からラウル王子の部屋まではかなりの距離があって、階段を三階分登ったにも関わらず、彼は少しも疲れた様子を見せずに私を運んでくれた。

なんて逞しいの……格好いい……。

三階の突き当たり、重厚な扉の向こうがラウル王子の部屋だった。

幼い頃に何度か会っていたけれど、部屋に入るのは初めてのことだ。彼の部屋は落ち着いた色合いでまとめられ、テーブルの上にはたくさんの本が山積みになって置いてあり、ベッドの隣にも本がある。

読書家なのね。どんなジャンルの本を読んでいるのかしら。

部屋の中はとてもいい香りがする。ラウル王子が使っている香水の匂いかしら？

ここで寝起きし、身支度を整えている彼の姿を想像したら、特別な空間に入り込んでいるのだと自覚し、さらにドキドキしてきた。

ラウル王子は私をベッドに下ろすと、再び唇を重ねてきた。

「ん……んん……」

こうしていると、頭がぼんやりしてきてしまう。身元がわかるようなことを口走らないように、気を付けなくちゃ……。

「キミのことは、なんて呼べばいい？」

「え……」

「名前が呼べないと、不便だろう？」

本名を名乗るわけにはいかないし……あ、そうだわ。

「里菜《りな》、とお呼びください」

「リナ？　わかったよ」

里菜、それは前世の私の名前だった。

偽名を呼ばれてするよりも、前世のとはいえ、本名を呼ばれて結ばれる方がロマンチックだわ。

今さらだけど、自分から誘うなんて、性に奔放《ほんぽう》だと思われてしまっているかしら……!?

「あ、あの、誤解しないでください。私、こういうことをするのは、初めてですから……！」

思わず身を乗り出して否定すると、ラウル王子が目を丸くした。

「誤解って何のこと？」

「あの、私は普段からこういうことをしているわけではなく、は、初めてです……っ！　男性経験はありません……っ……ですから、誤解しないでいただけたらと……」

でも、性に奔放……って思われた方が、相手にしてもらえる？　処女相手だと、面倒だと思われるかしら。嘘を吐いた方がいい？　ううん、始めたら絶対にわかっちゃうわ。

「うん、大丈夫だよ。わかっているから、安心して」

あ、嘘を吐かなくてよかったわ……でも、どうしてわかるのかしら。

ラウル王子は口元を綻ばせると、首筋を唇でなぞって来た。ちゅっと吸われるたび、くすぐったくて身体がビクビク動いてしまう。

くすぐったいのは苦手だけど、これはとてもいい。もっとしてほしい。

「ぁっ……んんっ……」

「いい匂いがするね。大好きな香りだ……」

「そ、そうですか？　私は……ラウル王子の香りの方が、ずっといい香りだと思います……んっ……」

「キミ好みの香りだった？　嬉しいな」

ラウル王子は自身の手袋の先端を噛むと、そのまま引っ張って脱ぐ。その仕草がとても色っぽくて、思わず声を上げそうになった。

「ん？　どうかした？」

「な、なんでもないです……どうか、お気になさらずに……」

彼は反対側も同じように手袋を外し、ジャケットを脱いで、クラヴァットを解いた。シャツのボタンが開かれると、逞しい胸板が見える。

す、すごい胸板……あ、腹筋も割れているわ。鍛えているのね。

目が離せずにいると、私の視線に気づいたラウル王子と目が合い、にっこり微笑まれた。

「ご、ごめんなさい。私ったら、ジロジロ見てしまって……」

「いいんだよ。俺だって見せてもらうんだから」

長い指が私のドレスのリボンを掴んだ。

「あ……っ」

ドレスのリボンを解かれ、コルセットを露《あら》わにされた。後ろの紐《ひも》を解かれると、胸とコルセットの間に隙間が空く。

「プレゼントのラッピングを解いているみたいにワクワクするよ」

「わ、私はドキドキします……」

コルセットをずり下ろされると、胸がプルンと零《こぼ》れた。

「ああ……なんて綺麗な胸なんだろう。それにすごく大きいね」

長らく病で臥《ふ》せっていて食事も満足に取れなかったわりに、私の胸はかなり豊かに育っていた。ラウル王子の熱い視線を感じると、恥ずかしさのあまり自分から誘ったくせに隠したい衝動に駆られる。

「ラウル王子は、その、大きい胸は……どう思いますか？」

「大好きだよ。リナが大きいからね」

ん？　大きい胸が好きじゃなくて、私が大きいから？

さすがラウル王子……女性を喜ばせる言葉を熟知しているのね。私の胸が小さかったら、きっと小さい胸が好きだって言ってくれるんだわ。

そんなことを考えていると、大きな手が私の胸を包み込んだ。

「ぁ……っ」

「素晴らしい感触だね。柔らかくて、張りがあって……ずっとこうして揉《も》んでいたくなる」

ラウル王子が、私の胸を揉んで……。

恥ずかしくて、でも、興奮してしまう。

指が胸に食い込むたびに、身体が熱くなっていく。胸の先端に手の平が擦れると、官能的なくすぐったさを感じる。

「ん……ぁ……っ……んんっ……」

変な声が出てしまう。

やだ、恥ずかしい……声が出ちゃう。どうしよう。

「乳首も可愛い……小さくて、淡いピンク色だ……ああ、本当になんて可愛いんだろう。尖《とが》ってきたね。まだ少ししか弄《いじ》ってないのに、感じやすいのかな？」

いつの間にか尖っていた先端を指で撫《な》でられると、一際強いくすぐったさが襲ってきて、私は大きな声を上げた。

「ぁんっ！」

い、いや～～～……っ！

あられもない声をあげてしまい、咄嗟《とっさ》に手で口を塞いだけれど時すでに遅し……うう、穴でもあったら入りたい！

「可愛い声だ……どうして口元を押さえているの？」

ラウル王子は、私の胸の先端を弄りながら尋ねてくる。

「ん……っ……へ、変な声……恥ずかし……っ……んくっ……」

「変な声なんかじゃないよ。とっても可愛い声だ。もっと聞きたいな」

「や……そん、な……っ……んんっ」

「聞かせてほしい。その声を聞くと、興奮するんだ」

耳を食《は》まれ、低い声で囁くように言われるとゾクゾクする。

こ、興奮？　こんな変な声を聞いて？

でも、興奮してもらいたい。

私が恐る恐る手を退けると、ラウル王子は満足そうに唇を吊《つ》り上げた。

「ありがとう」

こんなことで、お礼を言われるなんて変な感じだ。

胸の先端を指で擦られていると、お腹の奥が熱くなって、秘部が切なくなってくる。思わず膝をすり合わせると、割れ目の間が潤んでいることに気付く。

あ……私、濡《ぬ》れているわ……。

悪いことをしてしまったように感じ、恥ずかしくて居たたまれなくなる。

ううん、濡れていいのよ。むしろ、濡れなかったら困る話だわ。いや、詳しいことは、わからないけれども。

「薄紅色の乳首が、少し赤みを帯びてきたね。なんて美味《おい》しそうなんだろう」

ラウル王子はペロリと舌なめずりをすると、私の胸の先端をペロリと舐《な》めた。

「ひゃんっ！　あ……ラウル王子……ひゃぅ……っ……ぁんっ……ち、乳首……そんな……にしては

「……んっ……んっ……あぁっ……」

舌先で弾《はじ》くように転がしていたかと思うと、根元から咥《くわ》えられ、吸い上げながら舌の表面でねっとり舐められた。

それと同時に反対側を指で可愛がられ、両方の胸の先端に快感がやってくる。さっきまで少しだけ濡れていた状態だった秘部は、もう洪水のように溢れていた。

座っていられなくなった私は、背中から倒れてしまった。ラウル王子が覆いかぶさってきて、私の胸を可愛がり続ける。

「ん……ぁんっ……ラウル……王子……んっ……ぁっ……ぁっ……」

胸にサラサラした赤い髪がかかって、くすぐったい。でもそのたびに、ラウル王子に可愛がられていることを自覚して、ドキドキしてしまう。

ラウル王子と思い出を作りたいと願っていた。でも、実際に叶うなんて夢みたいだわ。私、今、人生の中で一番幸せ——。

「リナの乳首、美味しいよ。小さいのに、こんなに硬くなって……ほら、俺の舌を押し返してくる」

ラウル王子は顔を上げ、舌を出して胸の先端を可愛がっている姿を見せてくる。

「や……っ……恥ずかし……ぁんっ……んんっ」

恥ずかしいのに、目が離せない。興奮で身体が熱い。高熱を出した時よりも、ずっとずっと熱く感じた。

胸への愛撫《あいぶ》に夢中になっていると、ラウル王子の長い指が私の仮面にツンと触れた。

「あっ！」

仮面を外される⁉

私は慌てて仮面を掴んだ。

「大丈夫、無理に外したりはしないよ。でも、こんなに深い関係になるのに、仮面は外させてくれないの？　キミの素顔を見て繋がりたいな」

「ご、ごめんなさい。でも、駄目です……」

正体を明かしてマルグリットと気付かれたら、途中でやめてしまうかもしれない。そんなのは嫌だ。

でも、素性のわからない人間を相手にするのは気が引けるのだろうか。

「……仮面を外さないと、だ、抱いていただけませんか？」

恐る恐る聞くと、身体に引っかかっていた状態になっていたドレスとコルセットを完全に取り払われた。

「ぁ……っ」

「そんなことないよ。仮面を外すのが嫌なら、今日はそのままでしよう」

今日――また、次回もあるような言い方に胸がときめいてしまうが、私に残された時間は今日しかない。

「ありがとうございます……」

私が身に着けているのは、ドロワーズ一枚だけとなった。長い指がドロワーズの紐を解き、ゆっくりとおろしていく。

「ん……っ」

「綺麗な足だね。スベスベだ」

「んんっ……そ、う……でしょうか……」

太腿《ふともも》を撫でられているのに、秘部が疼《うず》いて仕方がない。

「ああ、すごくね」

太腿の外側を撫でていた手が、だんだんと内側へ移動していく。秘部に近付いたことで、ますます疼いて切ない。

「ん……っ……くすぐったい……です」

「ふふ、リナは敏感なんだね。じゃあ、ここはどうかな？」

長い指が、とうとう割れ目の間を滑っていく。

「ひぁん……っ！」

くちゅっと、淫らな音が聞こえた。

「こんなに濡れてくれていたなんて思わなかった」

「……っ……ご、ごめんなさ……」

恥ずかしさのあまり、思わず謝ってしまった。

「どうして謝るの？　俺は嬉しいよ。リナが俺の愛撫に感じてくれた証拠なんだから……」

指が動くたびに快感が襲ってきて、身体がビクビクと跳ね上がる。ある一点に触れられるのが一番気持ちよくて、そこに当たるたびに、私は大きな嬌声《きょうせい》を上げた。

「ん……ぁんっ！　気持ち……ぃっ……んっ……ぁっ……ぁっ……そこ……んっ……気持ち……ぃっ……あぁ……っ」

「そこって、ここ？」

ラウル王子はクスッと笑って、私の一番感じる場所に指を宛《あ》てがい、左右に揺さぶった。

「あっ……あっ……そ、そこ……んんっ……」

「ここは陰核、女性が一番感じる場所だそうだよ。たくさん可愛がってあげよう」

「ぁんっ……！　気持ち……ぃっ……や……んっ……指で……そこ……んんっ……そんなにしては……はっ……ぅ……っ……んんっ……ぁんっ……」

長い指が、敏感な粒を刺激していく。指を小刻みに動かしたり、ゆっくりと円を描くようになぞられたり、指と指の間に挟み込まれて、上下に揺さぶられた。

「小さくて愛らしいのに、こんな淫らに硬くして……なんて可愛らしいんだろう」

「んっ……ぁんっ……ぁっ……ぁっ……ラウル……王子……お、おかしくなっちゃ……ぁんっ……あぁっ……ひんっ……そこばっかり……だめぇ……」

「駄目？　でも、ここは喜んでくれているみたいだよ？　その証拠にほら、こんなにも溢れてきて、大洪水だ」

どれも涙が出そうなぐらいの強い快感を私に与え、やがて足元から何かがせり上がってくることに気が付いた。

「や……き、きちゃう……あっ……何か……んっ……きちゃ……っ……や……っ……あっ……あっ……あぁぁぁぁ……っ……」

足元からせり上がってきた何かは身体の中を通り、頭の天辺《てっぺん》を貫いていった。

気持ちよすぎる……！

これがきっと、絶頂ということなのだろう。

あまりの強い快感に目の前にチカチカ星が見えて、呼吸をするのも数秒忘れてしまった。

「リナ、達《い》ってくれたんだね。キミを達かせることができて嬉しい」

「ラウル……王子……」

「仮面越しでも、キミの目がトロンとしているのがわかるよ。ああ、なんて色っぽいんだろう……」

ラウル王子は絶頂に痺《しび》れる私の唇に自身の唇を重ね、深く求めてくる。

「ん……んん……っ」

イッてる最中にキスするのって、なんて気持ちいいのかしら。

あまりの心地よさに一瞬眠りそうになったけれど、寸前のところで意識を取り戻した。

はっ！　眠っちゃ駄目よ！　もう、本当に体力がないんだから！　本番はこれからなのよ！　しっかりして！　ここで終わったら、一生後悔するわよ！

「こっちにもキスさせてもらおうかな」

「こっち……？」

って、どっち？　胸？

ぼんやりした頭で考えていると、ラウル王子は私の足を左右に大きく開いた。

「…………～～……っ⁉」

こっちって、え、そういうこと⁉

秘部に熱い視線を感じ、顔が熱くなる。湯気でも出てそうなぐらいだ。

「なんて可愛いピンク色だ。まるで薔薇《ばら》のようだね。いや、それ以上に美しいよ」

「や……そ、そんなところ……ご覧にならないで……っ……ぁっ」

ラウル王子は長い指で、私の割れ目を開いてさらにまじまじと眺めてくる。

「や……だめ……っ……ラウル王子……」

ただでさえ見られるのは恥ずかしいのに、広げられて見られるだなんて……！

「達ったばかりだから、陰核も、小《ち》っちゃい穴もヒクヒクしているね」

「お、お願いですから、そんなことを仰《おっしゃ》らないで……」

足の間にラウル王子の綺麗な顔が見えるのがあまりにも恥ずかしすぎて、私は思わず顔を背けた。

見なくていいの？

いくら恥ずかしいとはいえ、これは私の大切な思い出になるのよ。しっかり見ておくべきでは？

うん、そうよね。

自問自答して顔を元の位置に戻すと、ラウル王子が舌を出していた。

え、舌？

私と目が合うと、ラウル王子は艶《つや》やかに微笑み、そして——私の敏感な場所をペロリと舐めた。

「ひぁんっ……！　あ……っ……嘘……そ、そんなところを……舐めちゃ……ぁっ……あぁんっ！」

指とはまた違う甘い快感が襲ってきた。私は大きな嬌声を上げ、ビクビク身悶《みもだ》えを繰り返す。

舌で性器を舐める。そういう行為があるということは、知識として知っていた。でも、まさか奉仕されるのが当たり前の王族であるラウル王子が、してくれるなんて思わなかった。

「ああ……キミの性器を舐められるなんて、夢のようだ……甘い香りがするね。ここを舐めると、舌にヒクヒクした感触が伝わってくる……可愛いよ……ずっとこうしてしゃぶっていたい」

「や……だめ……ぁんっ……だめです……ラウル……王子……や、やめて……くださ……んんっ……や……だめ……」

「ここを舐められるのは嫌い？　気持ちよくない？」

「そ、そんなことは……でも、ラウル王子のような高貴な方に……っ……こ、こんなところを舐めていただくなんて……」

息を乱しながら必死に言葉を紡ぐと、膣口を指でなぞられた。

「ぁっ」

「王子じゃなければ、キミの性器を舐める権利が与えられるというの？　そんなのは許せないな。ここは俺だけのものだ。誰にも渡さない」

ラウル王子は再び私の秘所を舐め、中に指を入れてきた。

濡れた膣道はラウル王子の指をヌプリと根元まで呑み込み、歓迎のハグをするように、彼の指をギュッと締め付ける。

初めての来訪者、違和感はあるけれど、痛みはまったく感じなかった。弄られているうちに、そこも気持ちよくなってくる。

「あぁ……っ！　んっ……気持ち……ぃ……ぁんっ……あぁっ……んんっ……そこ……んっ……気持

ち……いっ……ぁんっ！　あぁんっ！」

なんて恥ずかしいことを口走っているの……！

いえ、でも、今は『マルグリット』じゃない。『リナ』として接しているのだもの。恥ずかしい言葉を口にしているのは私じゃない。

そう考えたら、大胆な気持ちになってきた。

「ふふ、そんなに気持ちいい？」

ラウル王子に尋ねられ、私はコクリと頷いた。

「もっと舐めてほしい？」

恥ずかしいけれど、また頷く。

「じゃあ、舐めてほしいって言ってみて？」

「えっ」

そ、そんな淫らなことを言うの……⁉

「お願い。キミが可愛い唇で、淫らなことを言うのが聞きたいんだ」

中にある気持ちいい場所を押されると、羞恥心なんて吹き飛んでしまいそうなほどの強い快感がやってきた。

それに今は、マルグリットじゃない。リナだもの。大胆になるのよ……。

そこと同時に舐めてもらえたら、もっと気持ちよくなれる。少し恥ずかしいのを我慢すれば、してもらえる――。

「……っ……な、舐めて……ください……お願いします……」

「どこを？」

「えっ……ど、どこって……」

「指で教えてくれる？」

「～～……っ」

もしかしてラウル王子って、Ｓっ気がある？

恥ずかしいけれど、やらないときっとしてもらえない。私は羞恥心で震える手を伸ばし、敏感な場所を指差した。

「こ……ここ……を……な、舐め……てください……お願いします……」

ああ、恥ずかしすぎる……！

マルグリットだってバレていないとわかっていても、恥ずかしさのあまり涙がにじみ、視界が歪《ゆが》む。

歪んだ視界の先には、恍惚《こうこつ》とした表情のラウル王子が、舌なめずりをしていた。

彼がこんな表情をするなんて――。

知らなかった一面を見ることができて、ゾクゾクする。

「興奮して、どうにかなりそうだよ」

ラウル王子は艶やかな声で呟《つぶや》き、再び私の秘部を舌でなぞる。

「あんっ！　あぁ……っ……んっ……ラウル……王子……っ……あぁんっ……ぁっ……あぁっ……気持ち……ぃっ……舌で……ぺろぺろ……されるの……気持ち……ぃっ……ひぁんっ……気持ち……ぃっ……あっ……お、おかしくなっちゃ……あぁっ……」

舐められているそこも、頭の中も、何もかもがおかしくなってしまいそう。さっきまで躊躇《ためら》っていた淫らな言葉も、口を突いて次々と出てくる。

どんどん蜜が溢れてきているみたいで、指を動かされるたびに聞こえていた淫らな水音が、どんどん大きくなっていく。

敏感な粒を唇で包み込み、軽くチュッと吸われた瞬間、頭が真っ白になる。

「あ……っ……あ……っ……達っちゃ……っ……やんっ……も、達っちゃぅ……っ……あぁぁんっ！」

背中を弓のようにしならせ、私は大きな嬌声を上げて絶頂に痺れた。

「ふふ、リナ、達ったんだね。キミの中、俺の指をギュウギュウに締め付けているよ」

ラウル王子は私の内腿《うちもも》に、ちゅ、ちゅ、と吸い付きながら、指をゆっくりと引き抜いた。

「こんなに濡れてくれて……嬉しいな」

指に付いた蜜を舐め取っている姿は、あまりにも煽情的《せんじょう》だった。

「〜〜……っ……な、舐めては……いけません……」

「どうして？」

秘部を舐めている時に口にしているとはいえ、指に付いたのを舐めるのはまた違う。でも、頭がぼんやりして上手く説明できそうにない。

「どうしてもです……駄目です……いけません……」

「ふふ、そうなんだ？」

ラウル王子はクスクス笑いながら、指に付いた蜜をすべて舐め取った。

だ、駄目だって言ったのに〜〜……！

「慣らしたつもりだけど、初めてはやっぱり痛むだろうから……」

彼はベッドの隣にあるテーブルの引き出しを開けると、小瓶を取り出した。

何かしら……。

瓶の蓋を開けると、そこにはクリームのようなものが入っている。彼はそれを指でたっぷりすくいあげると、私の膣口や中に塗っていく。

「ぁ……っ……ン……こ、これは……？」

「痛み止めが入った媚薬《びやく》だ。これを塗れば、処女でも痛みを感じずに、気持ちよくなることができるそうだよ」

「そう……なんですね」

痛みを感じないで済むのは助かるけれど、どうしてこんなものを持っているのだろう。

答えは決まっているわ。処女を相手にしたことがある。もしくは、処女を相手にすることがあるだろうからと、用意していたに違いない。

私以外の誰かとも、夜を共にしているのね……。

彼の女性関係は派手だとわかっていたのに、そう思うと胸が痛くなる。

私ったら、暗い気持ちになっては駄目よ。今日の素敵な思い出が台無しだわ。好きな人との一夜を楽しまなくちゃ……。

薬が効いてきたのか、塗られたところがじんわりと温かくなってきて……というか、疼いてくる。中に入れてほしくて堪《たま》らなくなり、腰が動いてしまう。

「ん……っ……ラウル……王子……」

「薬が効いてきたかな？　少しも痛みがないといいけれど……」

ラウル王子はベルトのバックルを開くと、自身の欲望を取り出した。

「…………っっっっ⁉」

想像以上の大きさに、思わず目を見開いた。

こ、こんなに大きいの……っ⁉

「リナ、どうしたの？」

ま、またジロジロ見ていたのが、バレてしまったわ。

「あ……っ……い、いえ……あの……っ……その……何と言いますか、わ、私の中に……入るのかなって……思って……」

取り繕う余裕もなくて正直に話すと、ラウル王子がクスッと笑う。

「大丈夫だよ。男と女は、一つになるように作られている。俺とキミも、一つになることができるよ」

私の膣口に、大きな欲望が宛がわれた。

「あ……っ」

見るよりも、宛がわれた時の方がより大きさがわかる。

「怖い？」

その質問に、私は首を左右に振った。

「いいえ、ちっとも。ずっとこの瞬間を夢見てきました」

本当だった。怖いのは、ラウル王子と一線を越えられずに、死んでしまうことだ。彼に抱いてもらえれば、バットエンドで終わったとしても悔いはない。

「俺もだよ」

「え？　あっ」

大きな欲望が、ゆっくりと中を押し広げていく。

「ん……ぁ……っ」

「リナ、痛くない……かな？」

「大丈夫……です……っ……ン……」

こんなに中が広げられているのに、薬のおかげでちっとも痛くない。でも、気持ちが良くておかしくなりそうだった。

「よかった……じゃあ、最後まで入れるね」

「ん……っ⁉　……は……っ……はい……」

これ以上はないってぐらい中が広がっているのに、全部入っていなかったの⁉

私が衝撃を受けている間に、大きな欲望は中を押し広げていく。痛くはないけれど、ものすごい圧迫感だった。

「ん……っ……は……ん……っ」

大きな欲望の先が、私の奥にゴツリと当たった。

あ、これが……全部入ったってこと？

「ラウル……王子……ぜ、全部……？」

「うん、入ったよ。大丈夫かな？」

「は、ぃ……大丈夫……です」

ものすごい圧迫感で、お腹が苦しい。でも、媚薬の効果はすさまじく、その苦しさが心地よく感じるし、早く中を擦ってほしくて仕方がなかった。

「よかった……」

ラウル王子は私に気を遣って、そのまま動かず、唇にとろけるようなキスをくれた。

「ん……ふ……んん……」

キス……気持ちいい。キスしながらそこを擦られたら、どんなに気持ちいいだろう。

経験はないのに、欲望で擦られると強い快感が得られると本能が知っている。彼の欲望を受け入れている中が切なくて、お尻を左右に動かしてしまう。

「リナ……可愛いお尻が揺れているね。もしかして、動いてほしい？」

「……っ……！」

き、気付かれていたわ。

初めてなのに動いてほしいだなんて、淫らな女性だと思われていないだろうか不安になる。でも、今はそんなことを気にしている余裕なんてどこにもなかった。

私は熱くてクラクラする頭を縦に動かすと、ラウル王子がペロリと舌なめずりをした。

「媚薬が効いてくれてよかった……キミには辛い思いをさせたくないから……」

情熱的な瞳で見つめられ、頬《ほお》を撫でられると、彼の一番愛《いと》おしい人になったような勘違いをしてしまいそうになる。

ううん、今日ぐらいは、そういうことにしてもいいわよね。だってこれは、一夜限りの夢……そう思う方が良い思い出にできるはずよ。

「心配……してくださってありがとうございます……私、大丈夫です……だから……」

「ああ、俺も、キミの中が良過ぎて、もう、限界なんだ……動くよ。少しでも辛いと感じたら、教えてほしいな」

「はい……」

ラウル王子は私の返事を聞いてから、ゆっくりと腰を動かし始めた。

「ぁ……っ！　んっ……ぁんっ……！　あぁ……っ……や……んんっ……中……、おっきいので……擦られるの……っ……んっ……気持ち……ぃ……んんっ……ぁんっ……あぁ……っ……」

思った通り、中を擦られるのはものすごくよかった。

指で刺激された時も気持ちよかったけれど、大きな欲望で刺激されるのは、さらなる強い快感を運んでくる。

気持ちがよすぎて、本当におかしくなってしまいそうだ。これから日常生活に戻れるか、不安なほどに……でも、やめてほしいとは思わない。

もっと、してほしい――。

「ああ……リナ……キミの中は……素晴らしすぎるよ……なんて気持ちいいんだ……何もかも忘れて、ずっと、こうして腰を振っていたくなる……」

ラウル王子は息を乱し、私に腰を打ち付けてくる。彼の余裕のない表情を見ていると、ゾクゾクして興奮する。

嬉しい……ラウル王子のこんな顔を見ることができるなんて……私、勇気を出してよかった。

「わ……たしも……っ……ぁんっ！　わたし……もです……っ……あぁんっ！　んんっ……気持ち……ぃっ……ぁんっ……おかしくなっちゃ……ぅっ……」

「俺もだよ……リナ、二人でおかしくなろう」

腰が浮き上がるほどに激しく突き上げられ、甘美な快感がとめどなく押し寄せてくる。

「ぁんっ！　あぁんっ！　は、激し……っ……んぅ……っ……ぁんっ！　ラウル王子……ぁんっ……あぁっ……ラウル……王子……っ……もっと……もっとしてくださ……っ……ぁぁん！」

足元から、また何かがせり上がってくる。

絶頂の予感を覚えてすぐに、私は快感の頂点に押し上げられた。

「ぁ……っ……き、きちゃ……ぅっ……ぁんっ……！　ぁっ……ぁっ……あぁぁぁっ！」

ラウル王子の欲望をギュウギュウに締め付け、私は大きな嬌声を上げる。

「……っ……リナ……また、達《い》った？」

答える余裕も、頭を頷かせる余裕もなく、私は絶頂に痺れることしかできない。

「気持ちよくなってくれて……嬉しい……でも、ただでさえキミの中は気持ちいいんだ。こんなに締め付けられたら、俺もすぐに達ってしまいそうだ……もう少し、緩めることはできる？」

そんなことを言われても、初めてだからわからない。

ど、どうしたらいいのかしら……。

ラウル王子が動くたびに中が勝手に収縮《しゅうしゅく》してしまって、緩めるどころか締め付けている気がする。

「ああ……リナ……駄目だよ……もう、俺……うっ……」

ラウル王子は切なげな声を出すと、動きを止めた。すると私の中で欲望がドクンと脈打った。中にビュクビュクと何かが注がれているのを感じる。

もしかして、ラウル王子も達ったのかしら？

「…………は、早すぎて、呆《あき》れられてしまったかな……」

「え？」

この世の終わりのような声だった。

「違うんだ……こんなはずじゃ……リナの中が、あまりにも良すぎて……ああ、言い訳にしか聞こえないな。でも、普段はこんなに早くないんだ」

「え？　え？　あの、呆れてなんていません。あの、仰っている意味がよくわからなくて……」

「でも、安心して。また、すぐに勃《た》つから、続けられるよ」

「え？　ひぁんっ⁉」

ラウル王子は再び動き始め、私の中を突き上げていく。熱い欲望が、私の生んだ蜜と彼の出した情熱を掻《か》き出し、グチュグチュと淫らな音が響く。

その音は私の興奮をより煽《あお》り、高めていく。

「あぁ……っ……ラウル王子……気持ち……ぃっ……ぁんっ……気持ち……ぃいの……っ……あっ……あぁっ……あぁ――……っ」

何度達したかわからない。私は念願を叶え、ラウル王子との夜を過ごすことができたのだった。


「は……っ」

事後、少し眠ってしまった私は、喉の渇きでハッと目を覚ました。

私、眠ってしまったの⁉　いつから⁉　あっ！　仮面は……⁉

顔を触ると、仮面は外れていなかった。

よかった。私ったら、詰めが甘いわね。

安堵《あんど》して隣を見ると、ラウル王子が寝息を立てていた。

綺麗な顔……。

見入ってしまいそうになるけれど、そうはいかない。朝を迎える前に目が覚めてよかったわ。屋敷に帰らなくちゃ。

私は極力音を立てないようにドレスを着直し、ラウル王子を起こさないようにそっと部屋を出た。

はあ……素敵な夜だったわ。

一生の思い出を作ることができた私は、友人たちに挨拶を済ませ、数日後には領地へと旅立ったのだった。

ラウル王子にもう会えないことに、正直後ろ髪は引かれていた。

でも、それは多くを望みすぎだ。この思い出を作れただけでも、奇跡みたいなことなのだから。

第二章　素敵な思い出で、終わるはずが……

ガルシア公爵領は、豊かな自然に恵まれていた。

領地にある屋敷の前には大きな湖があり、後ろには山があって、窓を開けると自然のいい香りが入って来る。

そんな環境が私にはとてもよく合っていたようで、領地に着いてからというもの、私の体調は見る見るうちによくなっていった。

熱も出なくなり、いつも残してばかりいた食事を完食できるようになったし、それどころかおやつも欲しくなるようになった。

「マルグリットお嬢様、今日は山で採れた木苺《きいちご》のジャムを使ってクッキーを焼きますよ。たくさん召し上がってくださいね」

シェフが木の籠《かご》いっぱいに採れた木苺を見せてくれる。

「わあ！　たくさん採れたのね。楽しみだわ。でも、最近太り気味なのよね……」

「もっと太ってください！　マルグリットお嬢様は痩せすぎですから、もっとふっくらした方が健康的です。あっ！　いつもよりバターを増やして焼きましょうか」

「バターを増やす……それも美味しそうね。なんだか濃厚そうだわ」

前まではバターと聞いただけでも吐き気がしたのに、今は食欲がわいてくる。

「じゃあ、そうしましょう」

「私も一緒に作ってもいい？」

「ええ、もちろんです」

友人や侍女のマリアと離れることになったのは寂しいけれど、ここでの使用人たちは皆優しくしてくれるから楽しく過ごすことができていた。

家族からは毎日手紙が来ている。私の体調がよくなったことをとても喜んでくれていて、私も嬉しい。領地に引っ越して、本当によかった。

時折、ラウル王子との一夜を思い出すと胸が切なくなるけれど、大丈夫……きっとこの切なさも、時間が経《た》てば良い思い出となるはずだ。

領地に来て数か月が経ったある日――私に大きな問題が襲い掛かってきた。

「私が……妊娠？　嘘でしょう？」

ここに来てすぐは食欲があったのに、それからしばらくすると食欲がなくなり、吐いてしまうようになった。医師を呼んで診《み》てもらったら、妊娠していることが発覚したのだった。

父親は間違いなく、ラウル王子――。

なんてこと……！

ラウル王子は次期国王候補、そして兄弟はいない。つまりは、この子が男の子なら彼の次の国王となるわけで……大変なことになる。

彼はこれから素晴らしい女性を妃《きさき》に迎え、その人との間に子供を作って自分の跡を……と考えているはずだ。

ここで一夜限りの女性との間に子供ができただなんて知ったら、ショックを受けるに違いない。

今後迎える妃となる方との関係にも、わだかまりとなってしまうに違いないわ。

このことが公表されれば、この子は男の子であろうと、女の子であろうと、私の元じゃなくて、王家に引き取られるはず。

でもラウル王子が妃を迎えたら、肩身の狭い思いをするはずよ。苛《いじ》められてしまうかも。暗殺される……なんて危険性もあるわ。

絶対に嫌！　この子は私が育てる！　誰にも渡さないわ！

幸いにも私は素性を隠してラウル王子と一夜を共にしたので、私に子供ができたことが周りに知られたとしても、彼の子だと思う人は誰もいないはず。

問題は髪と瞳の色や顔立ち――王家にしか生まれないと言われている、赤い髪と金色の瞳の子ができてしまったら？　顔立ちがラウル王子に似ていたら？

それればかりは、誤魔化《ごまか》しきれないわ……！

私は不安な気持ちに押し潰されそうになりながら、出産の日まで過ごした。

両親や周りから、父親は誰かと尋ねられても、私は決して真実は口にしなかった。

「あなたが話したくないと言うのなら、私たちはもう何も聞かないわ。でも、話したくなったらいつでも言ってちょうだい。私たちは待っているわ」

「マルグリット、お前とお前の中で育つ新しい命を私たちは愛しているよ。父親がいないのなら、私たちが父親の代わりをしよう。守ってやるから、心配しなくていい」

両親はとても優しくて、私を責めることは一度もなかった。それどころか愛している。守ってくれると温かい言葉をかけてくれて、涙が出るほど嬉しかった。

お父様、お母様、心配ばかりかけてごめんなさい……。

心配していた子供の髪は金色で、瞳は紫色、顔立ちは私に似ていた。産後も体調を崩すことなく、ルネと名付けた子供と共に、領地の屋敷で平和な時間を過ごしている。

両親は私たちが穏やかな生活が過ごせるように、周りに気付かれるまでは何も言わないでおこうという方針を立て、私に子供がいることは、この屋敷の人間しか知らない。

表向き私は、領地に来ても王都にいる時と変わらず体調を崩し、ベッドから起き上がれないということになっていて、人に会う体力がないから面会謝絶という形になっている。

屋敷の皆が、秘密を守ってくれているおかげで、私たち親子は、平和な時間を過ごすことができていた。

「おかあさま、どうしてぼくには、おとうさまがいないの？」

ある日の夜、ルネを寝かしつけていたら、そんな質問をされてドキッとした。

「ど、どうしたの？　急に」

いつかは来る質問だと思っていたのに、あからさまに焦ってしまう。

「あのね、えほんのとりさんには、おとうさまとおかあさまがいたの。でも、ぼくにはおとうさまがいないから、どうしてなのかなって」

やっぱり、父親がいないと寂しいのよね……。

父親がいなくても、幸せな家庭はたくさんある。父親がいても、幸せじゃない家庭もある。でも、私は前世で父親がいなかったから、父親がいる家庭がとても羨《うらや》ましかった。

私のせいで、ルネに寂しい思いをさせているわ。

「お父様はね、えっと、いないわけじゃないのよ。でも、死んでしまったの」

「し……？」

「ええ、だから会うことはできないの」

ラウル王子に申し訳なく思いながらも、死んだことにさせてもらった。

だって、遠くにいる——なんて言ったら、会いたくなってしまうはずだもの。国絡みの大きな秘密をもっているのだから、会うことは許されない。

「そうなんだ……」

「あのね、お母様がいない子もいるのよ」

「そうなの？」

「ええ、色んなおうちがあるの」

「そっかぁ……」

ルネは私にギュッとしがみついてくる。

「ルネ、お父様がいなくて寂しい？」

「いてくれたらいいなっておもう。でも、おかあさまがいてくれたらそれでいい。おかあさま、いなくならないでね？」

「ええ、いなくならないわ。ずっとルネの傍《そば》にいるわ」

ルネをギュッと抱き返し、可愛い後頭部にチュッとキスする。

ルネ、私のせいで寂しい思いをさせてごめんなさい。でも、過去に戻れるとしても、私はラウル王子と一夜を共にするわ。

だって、あなたがいない世界なんて想像できないもの。あなたが大好き……。

ルネに寂しい思いをさせないように、たくさんの愛情を注いで楽しく暮らした。新しく侍女のミシェルがやってきて、明るい彼女のおかげで、もっと楽しくなった。

このままずっと穏やかで、楽しい日々が続いていくと思ったのに――。

「やっと、会えた」

湖の湖畔でルネとミシェルと遊んでいたら、ここに来るはずのないラウル王子が、私の風で飛ばされた帽子を持って立っていた。

燃えるような赤い髪、神秘的な金色の瞳、眩《まぶ》しいほどに美しい。まさかその姿をもう一度見ることができるだなんて思わなかった。

「ラウル王子……」

どうしてラウル王子が、ここに……!?

後ろには、王子の側近のカルム公爵子息ジョセフ様が控えている。私の視線に気が付くと、小さく頭を下げたので、私も会釈した。

「久しぶりだね。マルグリット」

久しぶり――という言葉に、ドキッとしてしまう。

落ち着いて、私……あの夜のことを言っているんじゃないのよ。子供の時以来だね、という意味よ。

「ええ、お久しぶりです」

ドレスの裾を持ち上げ、片足を下げて挨拶をする。

「ずっと病に臥《ふ》せっていたと聞いて、心配していたんだ。今日は外に出ていても大丈夫なの？」

ま、まずいわ……元気に遊んでいたところ、見られていないわよね？

「え、ええ、今日は体調がよくて……」

「そうだね。顔色もいいみたいだ」

ラウル王子が近付いてきて、私に帽子を被せてくれる。ラウル王子の香りを久しぶりに近くで感じると、あの夜の記憶を思い出して、胸が切なくなった。

「ありがとうございます」

でも、どうしてこんな所に来たのかしら。手紙も何もなく、突然だなんて普通じゃありえない。

「ガルシア公爵領は、素晴らしいところだね。自然が豊かで、空気が美味しい。湖はあんなに透き通っていて……こんなに綺麗な水の中なら、魚も泳いでいて楽しいだろうね」

「ラウル王子にお気に召していただけて何よりです」

ラウル王子の目的は、一体何……？

「あの、何のおもてなしもできずに申し訳ございません。父からは何も連絡がなく、ラウル王子がいらっしゃるのを知らなかったものですから……」

探ってみることにした。王都にいるお父様がラウル王子から領地訪問の手紙を受け取り、私に手紙を出したけれど何らかの事故で届かなかった……という可能性も十分ありえる。

「いや、ガルシア公爵には、伝えてあるんだ。でも、マルグリットには言わないでくれと伝えてある」

どうして……？

ルネのことしか考えられないわ。どうしてバレてしまったの？　屋敷の皆は口が堅いし、偶然ここを通りかかった町の人たちが話した？　それとも屋敷に出入りしていた業者が？

心臓がドクンドクンと嫌な音を立てて脈打つ。

冷や汗をかいていると、ラウル王子はその場に跪《ひざまず》いた。

「えっ⁉　ラウル王子、何を……あっ」

そして私の左手を取ると、手の甲にチュッとキスを落とす。

え⁉　何⁉　どうして……。

私が戸惑っていると、ラウル王子はポケットから小箱を取り出し、そこから大きなダイヤがついた指輪を取り出し、私の左手の薬指にはめた。

ゆ、指輪⁉　え⁉　これって、まさか………。

「マルグリット、キミのことが好きだ。どうか俺と結婚してください」

…………なんですって⁉

「えっ……す……すき……っ……え⁉　ど、どういうことで…………」

「そのままの意味だよ。子供の頃から、キミのことが好きなんだ。キミの体調が落ち着くのを待ってから求婚しようと思っていたんだけれど、そのうちにキミは王都を離れてしまって……こちらでも病に臥せっているから会うことができる状態じゃないと聞いていた。でも、どうしても、会いたくて来たんだ」

小説のマルグリットの恋愛相手は、ラウル王子だったの……⁉

え、待って、ということは私、早まった？　一夜限りの思い出を作らなくても、領地で待っていればラウル王子が会いに来てくれて、結婚……っていう流れだった？

な、なんてこと……。

でも、あれはあれでいいのよ。あの時のことがなければ、ルネは生まれなかったんだから。ん？

あっ！　どうしよう！　ルネ！　ルネも今、一緒なのよ！

「あ、あの、わ、私は……」

「おかあさまっ！」

ルネが走ってきて、私の足にしがみついてくる。

きゃあああああああああ！

ど、どうしよう。「この子は私の子じゃありません」なんて、ルネの前でも、ルネの前じゃなくても言いたくない。この子の存在を否定するようなことを口にしたくない。

「マルグリットが、キミのお母様なの？」

「はいっ！　ぼくのおかあさまです！」

目上の人には、敬語を使いなさいと教えてきた。この一瞬で目上の人と理解したのね。賢いわ！

ルネ！　……って、感心してる場合じゃなかったわ。

「そうか」

ラウル王子は、まったく驚いている様子を見せない。

え、どうして驚かないの？　普通、驚くでしょう？　病で臥せっていたと思っていた人間が、母親になっていたのだから。

あ、もしかして、血が繋がっていないと思っているとか？　親戚の子供を面倒見ているだけ……みたいな。

「マルグリットそっくりで可愛いな。さすがマルグリットの子供だ」

ラウル王子はうんうん頷くと、にっこり笑ってルネの頭を撫でた。

私が産んだ子供と理解している……？

いいえ、まだわからないわ。何か事情があって、私が実の母親代わりをしていると思って、気を遣ってそう言ってくれているのかも。

「おにいさんは、だれですか？　えらいひとですか？」

やっぱり、目上の人だと理解しているのね。ルネ、賢いわ！　って、親馬鹿を発動している場合じゃなくて……！

「ルネ、この方はこの国の第一王子で、次期国王陛下なの。とっても偉い方なのよ」

「おうじさま！　こくおうへいか！　すごぉい！」

ルネが目を輝かせるのを見て、ラウル王子は優しく微笑んだ。

「初めまして、ルネ。俺はラウル・レノアールだよ」

「はっ……はじめまして、ルネ・ガルシアです。おうじさま……」

ルネは頬を染め、モジモジしながら挨拶をする。

「上手な挨拶だね。素晴らしいよ」

「ほ、ほんとうっ？」

「ああ、本当だ。ねえ、ルネ、俺をキミのお父様にしてくれないかな？」

「な……っ……ラウル王子！　何を言って……」

「おとう……さま？」

「そう、お父様だ。キミのお父様になりたいんだけど、どうかな？」

「ちょっ……ちょちょっ……待ってください！　ルネ、いらっしゃい！」

私はキョトンとした目をするルネを抱き上げ、ミシェルに預けた。

「ミシェル、ルネを連れて屋敷に戻って。私はラウル王子とお話をしていくわ」

「かしこまりました。ラウル王子、失礼致します。さあ、ルネ様、戻りましょうね」

「あっ！　おかあさま、いま、おうじさまがおとうさまって……」

「ルネ、また後でね」

「やだ、ぼくも、まだここにいるっ！」

「さあ、ルネ様行きましょう。抱っこして差し上げましょうね」

「やだーっ！　ミシェル、おろしてっ」

ミシェルはルネを抱いて、足早に屋敷へ向かって行った。まだ二人の姿が見えるけれど、あの距離じゃこっちの話は聞こえないから大丈夫のはず。

「風が結構強いけど、寒くない？　そこに馬車を停《と》めてあるんだ。入って話そう」

「え、ええ」

ラウル王子は着ていたジャケットを脱ぐと、私に羽織らせてくれる。

「あ……っ……ありがとうございます」

彼のいい香りに包まれると、ますますあの夜のことを思い出し、顔が熱くなった。

い、今思い出しては駄目よ。

「あれ、なんだか顔が赤いね？　もしかして、発熱したんじゃ……」

「いえいえいえ！　違います。大丈夫です」

思い出しては駄目！　悲しかったことを思い出すのよ。私が倒れて、悲しんでいたお父様とお母様の顔を考えて……。

ラウル王子にエスコートされて馬車に乗りこむ。ジョセフ様も乗るのかと思いきや、その様子はない。

「私は外でお待ちしておりますので、ゆっくりお話しください」

「ありがとう。じゃあ、また後で」

え、ええっ!?　ふ、二人きり～……!?　第三者も交えて話すのなら、少しは緊張しないと思っていたのに！

「あ、あの……王族からの求婚に、私の意思一つでお断りする権利などないとは重々理解しています。ですが、事情がありまして……」

「うん、何かな？」

「息子です。あの子は親戚の子でもなんでもなく、私が産んだ子なんです」

「うん、知っているよ。あの子はキミの生き写しのように似ているからね。すごく可愛い」

気付いていたのに、求婚するってどういうこと……？

「未婚の身で子供を産んで育てている私が、あなたのような高貴なお方と結婚するなんてできません。

国王陛下だってお認めになるはずが……」

「大丈夫だよ。父上には許可を取っているから。まあ、認められなくても、俺はキミ以外考えられないけれどね」

「な……」

そんなに私のことが好きなの……⁉

「それにしても身体が弱いキミが、出産をして大丈夫だったの？」

「え、ええ、王都にいた時は、ずっと体調が悪かったんですが、こっちに来てからは、今までのことが嘘のようにすごくよくなって……」

「それはよかった。本当に心配していたから……でも、引っ越しても体調が悪くて、誰とも会えないという話を聞いていたけれど？」

「嘘を吐《つ》いてすみません。そう言わないと誰かが来てしまって、ルネの存在を知られてしまうので……あっ！　でも、誤解なさらないでください」

「誤解？」

「あの子が邪魔という意味ではありません。あの子は私にとってかけがえのない存在……だからこそ、あの子の存在を知られ、あの子が好奇の目に晒《さら》されて、傷付くことを言われるのが嫌だったんです。ずっと隠しておけるとは思っていません。でも、隠せるうちは……と」

「そうだったんだ。……あの子の父親は？」

「……言えません」

「質問を変えよう。あの子の父親を知っている者はいる？」

「いいえ、誰も知りません。聞かれても一度も答えたことはありません。拷問されたとしても、お答えする気はございません」

一瞬、話してしまってもいいのでは？　と思った。

ラウル王子が私を妻にしてくれるのなら、他に妃は来ない。ルネが脅威に晒される心配はないのだもの。

――でも、ルネは彼に少しも似ていない。

今まではラウル王子に似ていないことに安堵していたけれど、それは実の息子として認められる証拠がないということ。

この世界ではＤＮＡ検査なんてないもの。見た目以外に親子関係を証明するものがない。

あの仮面舞踏会で関係を持った時にできた……と言っても、その後すぐに他の男と関係を持っていたと疑われたら、ルネの立場が悪くなる。

ラウル王子がそんなことを言う人だとは思わないけれど、周りはどうかわからない。もし私たちに次の子供ができたとしたら、ルネの立場はますます悪くなるはずだわ。

それに私、あの夜はマルグリットじゃない別の人間を装っていたからこそ、あんなに大胆になれたのよ。ものすごく恥ずかしいことも口走ってしまったし、どうせ他の男性の子と疑われるのなら、知られたくない……！

仮面舞踏会の夜の痴態を思い出し、穴があったら入りたくなる。

「ねえ、マルグリット、実は俺たちは結構前に到着してね。キミたちが遊んでいるところをこっそり見ていたんだ」

「えっ！　そうだったんですか⁉」

全然気が付かなかったわ……！

「うん、この辺りは自然が多いからね。大きな木に隠れてこっそり」

ラウル王子は私の手を取り、ギュッと握った。

「あ……っ」

「キミがルネを愛おしそうに見つめる目、ルネに接する時の優しい顔、ルネを撫でる愛情に満ちた手付き、どれも素敵だった。ますます好きになったんだ。ルネを愛しているキミが好きだ。マルグリット」

まさか、そんな風に言ってもらえるだなんて思っていなかった。

「……っ……あ、あの……」

「キミが『うん』と言ってくれなくても、俺はキミを妻にするよ。覚悟して」

「〜〜……っ」

こうして私の平和な時間は突然の終わりを迎え、嵐のような日々が始まることになった。

◆◇◆

ラウル王子がガルシア公爵領に来てから数日が経った。元々何日か滞在するつもりだったらしい。ルネはすっかり彼に懐いていた。

ラウル王子は政務を持ち込み、空いた時間を見つけてはルネと遊んでいる。

「ルネ、どうだ？　見晴らしはいいかな？」

「すごーいっ！　おじいさまにしてもらったときより、たかいよっ！」

今日は外でボール遊びをした後、肩に乗せてもらってご満悦だ。使用人たちや、急いでやってきた両親もその姿を微笑ましいと言った様子で見ている。

「ねえ、おとうさま、きょうもいっしょにおふろにはいって、ねるまえに、えほんをよんでくれる？」

ラウル王子はルネを驚くぐらい可愛がってくれていた。

貴族は子供と一緒に入浴する習慣はない。でも、絵本で親子がお風呂に入っている描写を見たルネは、ずっと憧れていたらしい。

ルネはラウル王子とお風呂に入りたいとお願いし、彼はそれを叶えてくれた。そして寝かしつけも要求され、了承してくれた。しかも、嬉しそうに。

ルネは湖での一件以来、ラウル王子をお父様って呼んでしまっている。

本当に血の繋がった息子って知ったら、皆も本人も驚くでしょうね。言わないけれど。

そして敬語もやめた。『お母様に敬語を使わないように、お父様にも敬語を使わないものなんだよ』ってラウル王子に言われて、すごく喜んでいた。

王族からの求婚は断れない。でもまさか、国王陛下が父親のわからない子持ちの母親との結婚を認めるなんて思わなかったわ。

スキャンダルになること間違いなしだ。ゴシップ好きの貴族たちが食いつくのが目に見えている。

ルネが傷付かないように、私が守らないと……。

この数日で私はすでにラウル王子と婚約を済ませ、一週間後には、王都にある屋敷へ戻ることが決まった。

今後、いったいどうなるのかしら……。

「もちろんだよ。今日は何の本を読もうか」

「えーっと、うーんと……あっ！　オオカミのえほんがいい！」

「ルネはオオカミが好きなんだ？」

「うん！　かっこいいからっ！」

「じゃあ、城に引っ越してきた時には、オオカミのぬいぐるみをプレゼントしよう」

「やったぁ！　たのしみっ！　あ……でも……」

「他のぬいぐるみがいい？」

「ううん……おとうさまとくらせるのはうれしいけど、みんなとおわかれするのはさみしい……かなしいよ……なみだがでてくるんだ……」

ルネが涙ぐみ、ラウル王子の頭にギュッと抱きつく。

「ルネ坊ちゃま……」

その姿を見て、使用人たちが涙ぐむ。

「そうだね。俺の都合でごめんね」

ラウル王子は肩の上からルネを下ろすと、膝を突いて座り、ルネと目線を合わせる。

「おとうさまもここで、みんなとくらすことはできないの？」

「ルネ、それはね……」

私が窘《たしな》めようとしたら、ラウル王子がそれを止める。

「うん、できないんだ。でも、寂しくなる前にここへ遊びに来るっていうのはどうかな？」

「いいの？」

「もちろんだよ。それにここの皆がよければ、遊びに来てもらうっていうのはどうかな？　ルネの新しい部屋を見てもらおうよ」

「ぼくのおへや？」

「ああ、そうだよ。ルネの好きな物をたくさん集めた部屋を作って、たまに皆を呼んでパーティーを開くっていうのはどうかな？　それなら寂しくない？」

「うん、さみしくないっ！　おとうさま、ありがとう」

ルネは涙を拭い、ラウル王子に抱きつく。彼は口元を綻《ほころ》ばせてルネを抱きしめ返し、背中を優しく擦《さす》った。

本当の親子だけあって、相性がいいのね。

ルネは本当に懐いているし、ラウル王子も無理をしているようには見えない。積極的にルネに構い、ルネとの時間を楽しんでいるようだ。

夜、ラウル王子は約束通り、ルネを寝かしつけに来た。

「オオカミさんは綺麗なお花畑を見つけました。なんて綺麗なんだろう。そうだ。皆もここに連れてきてあげよう」

ここに来てから、毎晩こうしてルネの隣に寝そべり、絵本を読んでくれていた。ちなみに私も一緒がいいとの希望で、私はベッドの隣に椅子を持ってきて座っている。

「ラウル王子、ありがとうございます。眠ったみたいなので、もう大丈夫ですよ」

昼間たくさん遊んでくれているから、疲れたルネは絵本を全部読み終わらないうちに夢の中だ。とても満足しているみたいで、笑みを浮かべて眠っている。

ルネのこんなに満たされた顔を見るのは、初めてだわ。

「すぐに動くと起きてしまうかもしれないから、もう少しこのままでいるよ」

「ええ、ありがとうございます」

私もいた方がいいわよね。

ラウル王子はルネの寝顔を見て、口元を綻ばせた。

「可愛いなぁ……」

「こうしてこの子の寝顔を見ていると、幸せな気持ちになります」

「うん、そうだね。わかるよ」

社交辞令で言っているのではなくて、しみじみと、心の底から言っているのが伝わってきた。

どうして自分の子供でもないのに、そう思ってくれるのかしら。

長年一緒にいるのなら、情が湧くこともあるだろう。でも、会って数日の子供に、こんな感情を抱くことができるのだろうか。

「ルネの顔は、小さい頃のマルグリットとそっくりだね。昔のキミに会っているような気分になるよ」

「ふふ、初めてお会いしたのは、ルネの歳ぐらいの時でしたものね」

「ああ、でも…………」

「はい？」

「耳の形は、俺に似ていると思わない？」

「えっ」

思わずラウル王子の顔を見ると、すべてを見透かしたような目で私を見ていた。

ま、まさか、バレているの……⁉

「なんてね」

違うわよね。もう、心臓に悪いわ。

「も、もう、ラウル王子ったら、変な冗談を仰らないでください」

冷や汗をかきながら言葉を絞り出すと、ラウル王子はにっこり笑う。

あの夜の痴態を思い出し、顔が熱くなっていく。

ああ、神様、どうかバレていませんように……！

第三章　身体に刻まれた記憶

一週間後、私は領地に来ていた両親とミシェルと共に、予定通り王都に戻って来た。ちなみにラウル王子は政務の都合上、数日前に帰城している。

ここに帰ってくるのは、約四年ぶりね……。

懐かしくて、なんだか涙が出てきそうになる。

マリアは私が領地に引っ越してすぐに、辞めてしまったそうだ。今頃どうしているだろう。彼女が残していった住所に手紙を出してみたけれど、宛先不明で返ってきたから気になっていた。

元気にしてくれていたらいいのだけど……会いたいわ。

「ああ、マルグリット！　ルネ！　お帰り！　会いたかったよ……っ！」

出迎えてくれたのは、ジャンお義兄《にい》様、私の従兄《いとこ》だ。

ガルシア公爵家には男児が生まれなかったので、お父様の妹の子供を跡取りとして養子に迎えた。

ジャンお義兄様とは十歳差があって、私を本当の妹のように溺愛してくれて、私が倒れるたびに泣き、とうとう領地へ引っ越すことになった時は、一晩中泣いていた。

引っ越してからは一か月に一度会いに来てくれていて、ルネを妊娠したと報告した日には倒れた。

「ジャンおじさまっ！」

「ルネ、一か月会わないうちにこんな大きくなっててっ！　ああ、なんて可愛いんだ！　マルグリットの小さい時にそっくりだ」

ジャンお義兄様はルネを抱き上げると、くるくる回った。

妊娠したとわかった日には倒れてしまったジャンお義兄様だけれど、生まれたルネを見た途端、私と同様に溺愛するようになった。

跡取りとして厳しい教育を受けてきて、ようやく次期公爵に……という段階なのに「ガルシア公爵家に相応《ふさわ》しいのは、ルネだ！　ルネを跡取りにした方がいい！」と、あっさり次期公爵の座を渡そうとしてきたあたり、溺愛っぷりが伝わってくる。

ちなみにもちろん断った。でも、「じゃあ、自分は子供を作らないから、自分の後はルネに」と言ってくれていた。

「せっかく帰って来てくれたのに、すぐに嫁いでしまうなんて寂しいな……」

「結婚式は半年後よ。まだまだ先だわ」

「半年なんてあっという間だよ……」

ジャンお義兄様が今にも泣きだしそうになるので、思わず笑ってしまう。

「でも、領地にいる時より、簡単に会うことができるわ」

「ジャンおじさま、あそんでっ！」

「ああ、もちろんだよ。何して遊ぼうか！　あ、そうだ。ルネの部屋を作ったんだよ。おもちゃをたくさん置いたよ。先に見に行こうか」

「えっ！　おもちゃ⁉　いくーっ！」

ジャンお義兄様はルネを肩に乗せ、階段を駆け上がっていく。

「きゃ！　ジャンお義兄様、気を付けて！　走らないで！」

「大丈夫、わかっているよ！」

「ジャンおじさま、もっとはやくっ！」

「よし、まかせろっ！」

階上から、二人のはしゃぐ声が聞こえてくる。

「マルグリット、疲れたでしょう？　部屋で少し休んだらどう？　あなたの部屋は、もちろん四年前と同じ状態で綺麗に整えてあるわ」

戻れるかわからない状態だったのに、整えてくれていたなんて……。

「お母様、ありがとう。そうしようかしら」

「マルグリット、体調は悪くなっていないか？　領地に比べて、王都の空気はよくないからな」

「そうね。また、四年前と同じくなったら、どうしましょう……」

「今のところ大丈夫よ。心配してくれてありがとう」

両親が心配しているのと同じく、私も少し心配だ。

大丈夫……よね。

領地の空気があったから、健康になった……というより、体質が変化したように感じる。

妊娠すると体質が変わって、病弱だったのに健康になることがあるらしい。私もきっとそうなんじゃないかしら。

「マルグリットお嬢様、お疲れ様でした。お部屋に着いたら、早速お嬢様の好きなローズヒップティーを淹《い》れますね」

「ミシェルも疲れているでしょう？　少し休んで」

「お気遣いありがとうございます。でも、私は大丈夫なので！」

「ありがとう」

ミシェルは領地の屋敷を出て、私に付いてきてくれた。こちらに来ても、私の侍女を務めてくれるそうだ。

部屋に入ると、たくさんのプレゼントと手紙が置いてあった。

「え、これはどうしたの？」

部屋に案内してくれた執事のティボーに尋ねる。

「マルグリットお嬢様がラウル王子とご婚約されたので、そのお祝いにとたくさんの方々から頂きました。ミシェルさん、キッチンはあちらになります。お嬢様にお茶をお出しになった後は、このお屋敷のことを色々教えますね」

「はい、よろしくお願いします」

私とラウル王子が婚約した話は、当たり前だけど王都に広がっていた。

ルネが傷付くようなことをいう人がないか心配だわ。私がしっかり守らないと……。

ミシェルとティボーが出て行った後、私は一番近くにあった手紙を手に取った。

「あ、ピエールからだわ」

ペリエ伯爵家の長男ピエール、私の幼馴染《おさななじみ》だ。優しくて、大切な友達で、引っ越してからも手紙を絶やしたことはない。

ルネのことは、彼にも、もちろん言っていない。

突然の婚約に驚いているでしょうね。親交のある友人には、私の口から知らせたかった。

なんて書いてあるのかしら……。

『マルグリット、ラウル王子との婚約おめでとう。これから王子妃として忙しくなるだろうから、少しでも休息の一時のお供にと思って、オルゴールを送るよ。聞いていると心が癒《いや》されるよ。気に入ってくれるといいな。会えない間に、出産しているなんて驚いたよ。ぼくに話してくれなかったのが寂しいけれど、ラウル王子との子を守るためだったんだ。仕方ないよね。どんな子なのかな。マルグリットに似ているのかな？　それともラウル王子似？　実際に会うのがとても楽しみだよ』

「……………えっ⁉」

ラウル王子との子⁉　え、どうして知って……って、知るわけがないわよね。私しか知らないんだもの。何か誤解が生じているみたいね。

胸騒ぎがして、他の手紙も見てみることにした。

親しくしていて、ずっと文通もしていたピシャール伯爵の奥方、ヘレン様からの手紙だ。

『マルグリット様、このたびはご婚約おめでとうございます。まさかマルグリット様が、ラウル王子とのお子をご出産されていたなんて驚きましたわ！　わたくしの子と同じ歳ですわね。お友達になっていただけたら嬉しいです。事情があって、ご結婚とご出産が前後したとお聞きしましたが、今の時代は逆でも問題ないと思いますの。古い頭の人間が何か言ってくるかもしれませんが、わたくしはマルグリット様の味方ですわ！　また、直接お会いした時に色々お話してくださいね。最後になりますがご婚約と出産のお祝いに、マルグリット様のお好きな薔薇をお送り致します』

え⁉　ヘレン様も、ルネがラウル王子との子供って言っているわ……！　一体、どうなっているの⁉

すべての手紙に目を通したところ、どうやら私はラウル王子と元々恋人関係にあり、ルネを身籠った。しかし当時はラウル王子を暗殺しようとしていた者がいて、私は安全を考慮して領地に引っ越し、ルネを産んだ……という話になっているようだった。

これは一体、どうなっているの⁉

誰かが面白おかしく考えた話が、社交界に広がってしまったのだろうか。

「誰がこんなことを……」

頭を抱えていると、扉をノックする音が聞こえた。

「はい？」

「マルグリット、俺だけど入っていい？」

ラウル王子の声だった。

「えっ！　ラウル王子、どうして……」

ミシェルに扉を開けてもらうと、ラウル王子がにっこりと微笑んだ。

「愛しい婚約者に会いたくて」

愛しい婚約者……っ！

嬉しくて、心の中で復唱してしまう。

「長旅お疲れ様、これを持ってきたんだ。白葡萄《しろぶどう》のジュースだよ。冷やしてきたから、すぐに飲めるよ。子供の時に好きだったけど、今も好きかな？」

「あ……！　好きです。ありがとうございます」

覚えていてくださったなんて思わなかった。

「マルグリットお嬢様、早速いただきますか？」

「ええ、グラスを二つお願い」

「かしこまりました」

ミシェルはグラスとナッツの入ったクッキーを持ってきて、白葡萄のジュースを注ぐと、すぐに下がっていった。

「すごいね。これは全部、贈り物かな？」

「はい、婚約祝いだそうで……それでなんですけど、驚かないでくださいね？」

「ん？　何か驚くものでも贈られた？」

「そうじゃなくて……」

私は手紙から得たとんでもない情報をラウル王子に話した。すると、さらにとんでもない答えが返ってきた。

「ああ、それは誰かが作った噂《うわさ》じゃなくて、俺が話したことだよ。社交界一のおしゃべりに流れるようにした甲斐《かい》があって、数日で全部に広がったようだね。よかった」

「ラウル王子が流したって……ど、どういうことですか⁉」

「だって、ルネは俺の息子だからね」

ど、どういう意味なの……。

耳が似ていると言われて以来、あの情事の相手が、私だと勘付かれているような気がして落ち着かない。

私はラウル王子から目を背け、誤魔化すようにジュースを飲んだ。

考え過ぎかしら。今は気付かれていなくても、私が妙な態度を取ればバレてしまうかもしれないわ。気を付けないと……。

「ラウル王子のお気持ちは嬉しいです。ルネが嫌な思いをしないように取り計らってくださったこと、感謝しています。でも、ルネの顔を見れば、疑問を持ちますよ。この子はラウル王子の子じゃない。不義の子だって」

ルネの髪と瞳の色がラウル王子と同じなら、顔立ちが瓜二《うりふた》つなら、私も恥を忍んであの時のリナはマルグリットでしたと告白する。でも、ルネは似ていない。周りから疑いをかけられるのは明白だ。

「大丈夫だよ。疑われないから」

ラウル王子は自信に満ちた笑みを浮かべ、そう答えた。

そんなわけないでしょう……。

「おとうさま――っ！」

するとその時、ルネが部屋に入って来た。

「ルネ、会いたかったよ」

ラウル王子は両手を広げ、走って飛びついてきたルネを抱きしめた。

「こら、ルネ、お部屋に入る時は、ノックをするように教えたでしょう？」

「えへへ、だって、はやくおとうさまに、あいたかったんだもんっ！　ねえ、おとうさま、きょうはいっしょにおふろに入れる？　ねるまえに、えほんをよんでくれる？」

「ごめんね。今日は政務が立て込んでいるから、この後は帰らないといけないんだ」

「せいむ？」

「国を守るための重要なお仕事だよ」

「おとうさまは、くにをまもっているの⁉　すごぉい……っ！」

ルネはキラキラした目で、ラウル王子を見つめる。

「ルネも将来やるんだよ」

「ぼくも？」

「ああ、もう少し大きくなったら教えてあげるよ」

王家の血を継いでいる確たる証拠がないルネは、王位を継げない。期待すれば、将来傷付くことになる。余計なことは言わないでほしい。

「ラウル王子、それは……」

「ああ、そろそろ行かないと。ルネ、白葡萄のジュースがあるから、マルグリットと一緒に飲んでね」

「やったぁ！　ぼく、しろぶどうのジュース、だいすきっ！」

「ふふ、親子で味覚も似ているんだね。ちなみにルネ、りんごは好き？」

え、何の質問？　私はりんごを普通に食べることはできるけれど、好物というわけでもない。ラウル王子にもりんごについては何も言っていないはずだ。

ルネに渡すお土産のリサーチかしら。だとしたら大好物だわ。

「りんご？　だいすき！　ぼく、アップルパイがだいすきだよ。やきたてのアップルパイをフーフーしてたべると、すっごくおいしいよっ」

「ふふ、そっか。ちなみに俺も、りんごが大好きで、アップルパイが特に大好きなんだ。ルネとお揃《そろ》いだね」

「えっ」

そうだったの⁉　一緒に居た時、りんごを食べたことがなかったから知らなかったわ……！　というか、今の流れでいくと、親子だから好物が一緒っていう流れじゃない⁉　やっぱり、勘付いているの……⁉

「城のシェフが作るアップルパイは絶品なんだ。今度城に来た時に焼いてもらおう。じゃあ、今日のところはまたね。ルネ、マルグリット」

ラウル王子はルネの頬にキスし、冷や汗を流している私の手にもキスを落としていった。

「おかあさま、ジュースのみたい！」

やっぱり、気付かれているのかしら……。

「おかあさまったら！　きいてる？」

「あっ！　ご、ごめんなさい。ミシェルにグラスを持ってきてもらいましょうね」

それにしても、疑われないって、どうしてそんなことが言えるのかしら。

何か手を回している？　ううん、いくらラウル王子に力があるとはいえ、人の疑念を拭うことなんてできないはずだ。

一体、どうして……？

◆◇◆

引っ越してきた数日後、私は親しい友人を招いたガーデンパーティーを開いた。ずっと寝込んでいたから、こうしてパーティーを開くのは初めてのことだ。

天候にも恵まれ、暑くも寒くもなく、庭の薔薇も見ごろで、最高の環境で開くことができた。

堅苦しい雰囲気にはしたくなかったから、立食式を選択した。疲れたら座れるように、あちこちに椅子も置いてある。

一応ラウル王子も招待したけれど、今日は国境近くの町を視察に行かなくてはいけないそうで、お断りの手紙と、立食テーブルを彩るための薔薇が送られてきた。

王城にしか咲かない珍しい品種の薔薇で、真ん中が紫で外側に向かってピンク色をしている。皆そのことに気付いているようで、飾られた薔薇を見ていた。

「皆さん、今日はお忙しい中、お集まりいただきありがとうございました。そして病気で会えないと嘘を吐いていてごめんなさい。この子が息子のルネです。ほら、ルネ、挨拶して」

小声で「頑張ってね」と言うと、ルネはコクリと頷いた。

「は、はじめまして。ルネ・ガルシアです。よろしくおねがいします」

ルネが照れながら挨拶をすると、皆拍手をしてくれる。

「まあ、なんて可愛らしいのかしら！　マルグリット様そっくり！」

「天使のように愛らしいわ！」

皆に褒められ、ルネはますます照れてしまう。

「皆さん、ありがとうございます。今日はぜひ楽しんでいってくださいね」

挨拶が終わった後は、皆自由に食事や歓談を楽しんでいる様子だ。

初めて主催者になったから上手くやれるか心配だったけれど、大丈夫そうでよかったわ。お母様が相談に乗ってくださったおかげね。

私の傍から離れたルネは、令嬢たちから可愛がられて、顔を真っ赤にしている。

他の貴族たちの前では、酷《ひど》い言葉をかけられるかもしれないから一人にさせたくないけれど、今日のお客様は、皆私の親しくしている友人だから大丈夫。

今日は私の初めて主催したパーティーでもあり、ルネが領地の屋敷以外の他人と過ごす初めてのパーティーでもある。

ルネにとって、良い思い出になるといいな……。

ルネを気にしながら、私は来てくださった友人たち一人一人に挨拶をしていく。

「……では、お身体の具合はもう本当に良いのですね？」

「ええ、もうすっかり」

「本当によかったですわ！　ああ、こうして青空の下で、マルグリット様のお姿を見ることができて、わたくし嬉しいです。ラウル王子とどうかお幸せになってくださいね」

嘘を吐いていたことを責める人は、一人もいなかった。

私は本当にいい友人に恵まれているわ……。

皆の笑顔を見て満足していると、一人だけ暗い表情の人物を見つけた。

あれは――……。

モレ侯爵家の令嬢、ルイーズ様だ。

艶やかな長い黒髪に、キリッとした赤い瞳の美女……彼女と知り合ったのは、子供の頃だった。お母様がモレ侯爵夫人と親しくしていて、夫人に連れられてよくうちに来ていたので仲良くなった。

気が強くて、物事をハッキリ言うお方だから、苦手にする人もいるようだけれど、私は好きだ。ちなみに見た目もすごく好き。

私、可愛《かわい》い系《けい》の顔立ちよりも、クール美人が好きなのよね！

「ルイーズ様、今日は来てくださってありがとうございます」

「こちらこそご招待いただき、ありがとうございます。久しぶりにお会いできて嬉しいですわ」

声をかけると、にっこりと微笑まれた。

暗いように見えたのは、気のせいだったのかしら……。

「ルネ様、とてもお可愛らしいですわね。幼い頃のマルグリット様にそっくりで驚きましたわ」

「ええ、よく言われます。ジャンお義兄様も、たまにルネと私の名前を間違えるんですよ」

「まあ！　うふふ、ジャン様は昔からマルグリット様を溺愛していますものね」

少し話したけれど、ルイーズ様に変わったところはないようだったし、離れても、暗い表情を見せることはなかった。

やっぱり、見間違いだったのかしら？


数日後の夜、私はラウル王子の誘いを受け、レストランに来ていた。

「こうしてレストランで一緒に食事をするのは初めてだね」

「ええ、なんだか緊張してしまいます」

ちなみに昼間は王城の庭で、ルネと一緒に三人で遊んだ。たくさん遊んで満足して、今はガルシア公爵邸の自室でスヤスヤ気持ちよさそうに寝ている。

「緊張？　俺が相手だから？」

「それもありますが、レストランで食事をするのは、子供の頃以来なので……ずっと体調を崩していましたし、食欲もなかったので、外で食べるのは夢のまた夢だったんですよね」

前世も同じ感じだったから、外食するなんて滅多《めった》になかったのよね。それにしても、推しとデートできるなんて思っていなかったわ。まあ、婚約もそうだけど。

「ガルシア公爵領にもたくさん有名なレストランがあったと思うけど、行かなかったの？」

「ええ、ルネが幼かったので外食は難しかったですし、私の後を追って寂しがるルネを置いて行く気にはなれなくて」

「じゃあ、今日は悪いことをしてしまったかな……」

「いいえ、今日はぐっすり眠っていますし、領地の屋敷は最小限の使用人しか雇っていなかったんですけれど、ここはたくさん使用人がいますし、両親やジャンお義兄様もいるので、構ってくれる人がたくさんいて、私がずっと一緒にいなくても大丈夫になったんです。成長したっていうのもあると思いますが」

「そっか。よかった。じゃあ、今夜はマルグリットを独り占めさせてもらうことにしよう」

「ひ、独り占めって……」

変に意識して、顔が熱くなる。

「そういえば、ルネから聞いたんだけど、マルグリットはお菓子を作るんだって？」

「ええ、といっても簡単なものしか作れませんけれど。領地の屋敷に引っ越してから、シェフが作っているのを見て楽しそうだなと思って始めたんです」

「ルネがマルグリットの作るクッキーは、世界で一番美味しいって言っていたよ」

「ふふ、あの子ったら……でも、王都にはたくさん美味しいクッキーがありますし、いつまで一番でいられるかわかりませんね。今のうちに喜んでおくことにします」

「俺もマルグリットの作ったクッキーを食べたいな」

「え、でも、本当に普通のクッキーですが……」

「マルグリットの作った物が食べたいんだ。駄目かな？」

「いえ、駄目なんかじゃございませんが……えっと、あまり期待しないでくださいね？」

「ああ、楽しみに待っているよ」

ラウル王子が嬉しそうに笑うのが眩しい。

推しに手作りクッキー⁉　緊張してきちゃったわ。練習しないと……！

「王都に着いてから少し経つけれど、身体の調子はどうかな？　体調が悪くなったりはしていない？」

「ええ、平気です」

「本当に？　何か少しでも変化はない？」

「元気ですよ。心配してくださってありがとうございます。私の家族も同じことを聞いてきます」

「心配だからね……」

「気遣っていただけて嬉しいです」

運ばれてくる料理はどれも美味しくて、舌がとろけてしまいそうだった。

帆立とアスパラのマスタードマリネ、バターの風味が豊かなふわふわの自家製パン、赤ワインソースの牛肉ステーキ……ああ、メインを半分食べたところで、結構お腹がいっぱいになってきちゃったわ。コルセットに締め付けられていなければ、もう少しは入るのに！　でも、絶対にデザートは食べたいわ。

「マルグリット、もうお腹がいっぱい？」

「は、はい……でも、もう少し入ります」

デザートは別腹なのよ！　と感じる体調になれたのが嬉しい。昔は食事を見たら、気持ち悪くなっていたものね。

「やっぱり、具合が悪いんじゃ……」

「違います！　これでも、かなり食べられるようになったんですよ。昔はスープ一杯飲めないぐらいでしたから。それに比べたら、たくさん食べられるようになったと思いませんか？」

「そうだね。いや、元気でよかった」

ラウル王子は胸を撫でおろし、ワインを飲む。

「ワインって、美味しいですか？　実は私、お酒を飲んだことがなくて……」

もちろん、体調を気にしてのことだった。

健康になってからも、ルネが常に傍にいるので、飲む気になれなかったから一度も口にしていない。

ちなみに前世でも病気がちのため、飲んだことがない。だから、ものすごく興味がある。どんな味なのかしら。

「ああ、美味しいよ。少し飲んでみる?」

「ええ、いただきます」

ラウル王子が飲んでいたワイングラスを受け取る。中のワインが揺れると、シャンデリアの光を反射してキラキラ光っている。

あ、これって、間接キス……って、一線を越えておいて、そこを意識するのはおかしいかしら。でも、ドキドキしちゃうわ。

思いっきり意識しながら一口飲むと、深みのある豊かな葡萄の味が口いっぱいに広がった。

「ん、美味しいです。これがお酒の味なんですね」

「よかった。じゃあ、マルグリットも飲む?」

「はい、いただきます」

ちょうど飲み終わったジュースのグラスを下げてもらい、赤ワインを貰った。

「お酒と一緒だと、料理がなおのこと美味しく感じますね。もう少し食べられそうです」

「その気持ち、わかるよ。お酒と一緒だと、いつもより多く食べられる気がする」

ラウル王子は手を止めて、私が食事する姿をジッと見る。

「ラウル王子、お腹いっぱいですか？」

「あ、いや、マルグリットが食事する姿を見るのが嬉しくて、夢中になっていたよ。ずっと会いたくても会えなかったから」

会いたい？　私のことを、気にしてくれていたの？

「ずっとお見舞いに行きたかったのに、ガルシア公爵がキミの部屋に入れてくれなくてね」

「えっ！　そうだったんですか？　初耳です。お父様ったら、私が気にしないように黙っていたのかもしれませんね。でも、入室拒否をして当然です。私の体調不良は原因不明でしたから、何かの伝染病だったら大変ですもの」

「ガルシア公爵もそう言っていたよ。でも、キミの家族はなんともないんだから、伝染病はありえなかったと思うな。それにキミの他の友人は、何度もお見舞いに来ていたみたいだし。すごく悔しかったよ」

「未来の国王陛下ですから、念には念を入れるぐらいでちょうどいいんです」

そういえば、ラウル王子からはお見舞いの品がたくさん届いていたわ。

「何度もお見舞いの品を送ってくださいましたね。外に出られなかったから、お花をたくさんいただけて嬉しかったです。ベッドの横に飾ってもらって、起きている時はずっと眺めていました」

「本当に？　よかった」

「お礼のお手紙を差し上げることもできずにごめんなさい」

「そんなことは気にしないで。体調が悪い中、無理して書いてもらうのは嫌だよ。ああ、そうだ。贈った花、全部ではないけれど、自分で育てたものもあったんだよ」

「えっ！　そうなんですか⁉」

「ああ、会わせてもらえないから、せめて自分の育てた花をキミの傍に……と思って。花を育てるのって難しいんだね」

義理で送ってくれているのかと思っていたのに、こんな風に思ってくれていたなんて思わなかった。

「ありがとうございます。どの花だったのかしら。気になります」

「ふふ、お世辞にも綺麗だと言えない花かな」

「ええ？　どれも綺麗でしたよ」

楽しい食事の時間を終えた私たちは、馬車に乗り込んだ。ラウル王子が屋敷まで送ってくれるそうだ。

推しとの初デートは緊張したけれど、本当に楽しかった。

楽しい時間って、あっという間に過ぎるのね。

屋敷まではあと三十分くらいかしら？　もっと一緒にいたかったわ。

お酒を飲んでいるせいだろうか。なんだか人恋しくて堪らない。

「マルグリット、まだ時間はある？」

「えっ……大丈夫ですが、どうかしましたか？」

「回り道をしてもいい？　もう少し、一緒に居たいんだ」

心臓がドキッと跳ね上がる。暗くてもわかるぐらい、顔が赤くなっているに違いない。

「だ、大丈夫です……」

「そう言ってくれると思って、最初から回り道をするように言ってあるんだ。じゃあ、もう少しだけ一緒にいられるね」

「……っ……え、ええ……そう、ですね……」

二人きり……さっきのレストランも個室だったけれど、いつでも店員が入って来ることができる状態と、こうして完全なる密室とは違う。しかもレストランでは向かい合わせに座っていたけれど、今は隣に座っているし……。

ど、どうしよう。すごく意識してきちゃったわ。

「そういえば、ルネは犬が好きなんだね」

「ええ、ずっと犬が欲しいって言っていましたから、とても喜んでいましたよ」

レノアール初代国王は大の犬好きで、代々王城ではたくさんの犬を飼っている。今日ルネは、庭で犬たちとボール遊びをさせてもらったのだ。

「今すぐお城に引っ越す！　って、駄々《だだ》をこねるので、なだめるのが大変でした」

「俺は今すぐ引っ越してきてほしいけどね。キミをこうして送って、別れるのが嫌だ。ずっと一緒に居たいよ」

「えっ」

驚いてラウル王子の方を見ると、情熱的な瞳で見つめられていた。

あの夜と、同じ――。

目が合うと離せない。ラウル王子の綺麗な顔がだんだん近付いてきて、自然と目を瞑《つぶ》ると、ちゅっと唇を重ねられた。

ああ、久しぶりのキス――。

この唇がずっと恋しかった。

「ん……」

ちゅ、ちゅ、と角度を変えて唇を吸われるだけで、お腹の奥が熱くなっていくのを感じる。

軽いキスで終わるのかと思いきや、唇を割って、長い舌が入ってきた。

「んん……っ」

あ、嘘……深いキス……？

馬車の音に混じって、唇や舌を合わせる音が響く。長い舌は別の生き物みたいに動いて、私の咥内を隅々まで味わった。

「マルグリット……好きだよ。ずっとこうしてキミの甘い唇が吸いたかった……」

「ラウル……王子……んん……っ」

再び唇を塞がれ、濃厚なキスを贈られた。

長い時間をかけてのキスに、身体がとろけてしまう。秘部はすでに濡れていて、ドロワーズまで滲《し》みているのがわかる。

ラウル王子は唇を離すと、首筋を吸ってきた。

「ん……っ……ぁ……っ……ま、待って……ください……ラウル王子……こんな所で……は……」

本当はこのまま触れてもらいたい。でも、理性が歯止めをかける。

「ずっと我慢してきたんだ。もう、待てない……ねえ、マルグリット……俺がいつからキミのことを好きか、知っている？」

「……っ……子供の頃……からと……仰っていました……よね……？」

「具体的に、いつからだったかわかる？」

開いた胸元をちゅっと吸われ、私は首を左右に振った。

「んんっ……わかりま……せ……」

「マルグリットに初めて会ったのは、俺が父上について、キミの屋敷を訪問した時だったね」

「ええ……覚えています……んっ……ぁ……っ……」

ラウル王子は私の胸元にキスしながら手袋を脱ぎ、私のドレスのボタンを外していく。

「なんて愛らしい女の子なんだと驚いた。妖精がいたら、こんな姿形をしているんじゃないかなって思ったよ……今は女神のような美しさも加えられたけど……」

小説のヒロインだもの、マルグリットは確かに美しい。でも、ラウル王子はそれ以上だ。ただでさえ美しいのに、こういう時の彼は艶っぽさが足されて、さらに魅力的に見える。

とうとう胸元のボタンを全て外され、コルセットが露わになった。

「俺は第一王子として生まれて、厳しく育てられてきた。感情をあらわにするのは、一国を背負う者に相応しくないからと言われてきた。今でこそ慣れたけど、子供の頃は辛かったよ」

森で遊んでいて迷子になってしまった時、自分も不安なはずなのに、マルグリットを一生懸命励ましてくれていたのは、そういう事情もあるのだろうなと思って胸が痛くなった。

そして、ますます頑張るラウル王子のことが、好きになったのよね……。

「一番辛かったのは、可愛がっていたレオが死んでしまった時……」

レオ、それはラウル王子が生まれる前からいた犬の名前だ。かなりの老犬で亡くなった時は大往生だったけれど、何歳になったって大切な存在が旅立つのは辛い。

「父上から泣くなと言われても耐えきれなくて、キミが遊びに来てくれた時に泣いてしまったんだ。キミは心配してくれて、事情を話したら、そんなのは泣かない方がおかしい！　国王だって人間だ。

人間なら泣いても当然だって一緒に泣いてくれた……覚えている？」

「もちろん……です……」

ラウル王子の手は、話している間も休むことがない。長い指が、きつく縛られたコルセットの紐を緩めていく。

「泣いているところを父上に見つかって、俺が怒られそうになった時のキミが、なんて言ったのかも？」

「……ええ、ラウル王子は悲しくて泣いているんじゃありません。私に頭を叩《たた》かれて、痛くて泣いているんです。痛みで流した涙は生理現象なので、泣いていることにはなりません……と」

滅茶苦茶な言い訳だったけど、当時はそれ以外思いつかなかった。

「ふふ、そうそう。自分が不利な立場になるとわかっていながら、俺を庇《かば》ってくれたキミの気持ちが嬉しかった。あの時、俺はキミに心を奪われたんだ」

完全に緩められたコルセットをずり下ろされると、胸が露わになった。

「あっ」

私が両手で隠そうとするよりも先に、ラウル王子の大きな手が私の胸を包み込んだ。ムニュムニュと淫らに形を変えられるたびに、秘部が切なく疼く。

「ん……ぁ……っ……」

まるで、早くこちらにも触れてほしいとおねだりしているようだ。

「ああ、ずっとこうしてキミの胸に触れたかった」

「ん……っ……そ、外で……脱ぐなんて……ぁ……っ」

「外と言っても、馬車の中だ。カーテンは閉めているし、鍵もかけているから誰も入ることができない。声だって、車輪の音でかき消されるよ」

ラウル王子は胸に顔を寄せると、舌先で乳輪をクルクルなぞり始めた。

「ぁん……っ！」

「だから、たくさん可愛い声を聞かせて？」

舌先で弄られるとあっという間に先端が尖り、今度はそこを舌先で可愛がられる。

「ぁっ……ぁっ……んんっ……そ、こ……だめ……」

「舐められるよりも、吸われる方が好き？」

チュッと軽く吸われ、甘い刺激がそこから全身に広がっていく。

「あぁ……っ！」

「それとも指で弄られる方が好きなのかな？」

右の胸の先端を指先で抓《つま》み転がされ、それと同時に左の先端を舌で舐め転がされた。

「ぁ……んんっ……ぁんっ……あっ……あぁ……」

両方の性感帯に快感を与えられた私は、とにかく気持ちがいいということしか考えられない。

「ねえ、マルグリット……どっち？」

「や……ぁ……わ、わかりま……せ……ぁんっ！　あぁ……っ」

「ふふ、そっか、じゃあ、どっちも好き……って思ってもいいのかな？」

「……っ……そ、そんなこと……お聞きにならないで……んんっ」

ラウル王子に可愛がられている胸も、過去に彼の欲望を埋められた秘部も、熱くて堪らない。触れられるのを期待している秘部は、馬車の揺れすらも快感と捉えるほど敏感になっていた。

再び唇を重ねられ、深いキスを求められた。

「ん……ぅ……んっ……んんっ……」

王子は唇にキスをしながら、胸を揉んでくる。そしてそれと同時に、ドレスの上から太腿を撫でてきた。ドレスとパニエとドロワーズ越しなのに、酷く感じてしまう。

「唇も吸いたいし、胸も吸いたいし……唇が一つしかないのがもどかしいよ。同時に吸うことができたらいいのにな」

指の間に胸の先端を挟まれ、上下に胸を揺さぶられた。だんだんと指の感覚を狭められ、動かされるたびに甘い快感が襲ってくる。

「同時になんて……おかしくなってしまいま……す……んっ……ぁ……んんっ……」

ドレスの上にあった手が、中に入ってくる。ドロワーズの紐に手がかかった時、期待でお腹の奥がキュンと疼いた。

紐を解かれ、とうとうラウル王子の手が秘部に侵入してくる。

「ぁ……っ」

長い指が割れ目の間をなぞると、クチュッと淫らな水音が響く。

「すごく濡れているね？」

「……っ……ラウル王子が、淫らなことをなさる……から……んっ……は……んっ」

「ふふ、俺に淫らなことをされたから、こんなにも濡れてしまったんだ？」

長い指は割れ目の間を上下に往復し、やがて敏感な粒を弄り始める。

快感で身体がとろけて、どこにも力が入らない。私は足を左右に大きく広げたあられもない恰好《かっこう》をしていた。

「ん……ぁ……っ……い、意地悪な聞き方を……ぁんっ……なさらないで……ひぁ……っ……んんっ……ぁんっ……んっ……ぁ……っ」

「ふふ、ごめんね……マルグリットが可愛くて、つい意地悪をしたくなった……可憐《かれん》なキミに、淫らなことを言わせたい……だなんて言ったら、幻滅する？」

「ど……ぅ……して……んっ……そんなこと……を……？　ぁっ……んんっ……」

「興奮するからだよ。可憐なキミの唇から、いかがわしい言葉が出るのを想像したら、すごく興奮するんだ。ほら、その証拠に……」

ラウル王子は私の手を掴むと、自身の下腹部に触れさせた。

「あっ」

欲望は大きくなっていて、ボトムスをパンパンに押し上げていた。

こんなに大きくなっているなんて……。

「ね？」

「……っ」

なんと言っていいかわからずに黙っていると、ラウル王子は私の手を離し、その手で再び私の胸に触れてきた。

胸の先端を抓み転がされ、それと同時に蜜を纏《まと》った指で敏感な粒をねっとりなぞられると、あまりの快感に腰がガクガク震えてしまう。

「ひぁんっ……！　ぁ……っ……ぁっ……それ……だめぇ……おかしくなっちゃ……ぅ……っ……あっ……ぁ……っ……や……きちゃう……っ……ぁ……っ……あぁぁぁっ！」

足元からゾクゾクと何かがせり上がって来て、私は四年ぶりに快感の頂点に押し上げられた。

久しぶりの絶頂はあまりにもすごくて、本当におかしくなってしまって、元の自分に戻れないんじゃないかという恐ろしさもあった。

「マルグリット、達ったんだね……嬉しいよ。もっと気持ちよくなって……」

彼の長い指が、絶頂に痺れている膣口にヌプリと入ってきた。

「ひぁん……っ……ぁ……っ……今……指入れちゃ……っ……んんっ……」

「ふふ、達ったばかりだから、ヒクヒクしているね。中の気持ちいいところもたくさん触ろう」

ラウル王子の指は中にある私の敏感な場所を的確に当てて、そこをリズミカルに押してくる。

「あぁんっ！　や……そこ……ぁ……っ……あぁ……っ」

どうしてわかるの……⁉

初めて触れられた時は、探るような動作があった。それなのに今は、そうしなかった。最初からここが気持ちいいとわかっているように、すぐにそこに触れてきた。

「マルグリットは、ここが気持ちいいんだよね？」

やっぱり、私がリナだって気付いているの……⁉

でも、そこを刺激されると、何も考えられなくなってしまう。

「んぅ……ぁっ……あぁ……っ……だめ……ぁんっ……や……だめ……んんっ……そこを触っては……あぁ……っ……やぁ……っ……」

「どうして？　気持ちいいんだから、たくさん触らせて？」

ラウル王子は中指で膣道を刺激しながら、親指で割れ目の間にある敏感な粒を撫で転がし、その上

胸の先端まで唇と舌で可愛がってくる。

三つの性感帯を同時に刺激された私に、何か考える余裕なんてあるはずもなく、私は屋敷に着くまで何度も絶頂に押し上げられたのだった。

◆◇◆

「マルグリットお嬢様……！　ああ、お会いしたかった……！　王都にお帰りになったというのは、本当だったんですね……！」

「マリア！　ずっと心配していたのよ。今までどこにいたの⁉」

ラウル王子と初めてのデートをした数日後、なんとマリアが訪ねてきた。

彼女がここを辞めたのは、遠い親戚だけど幼い頃にお世話になった女性が寝たきりになり、その看病がしたいから……ということだった。

でも、残していった住所に手紙を出しても届かず、宛先不明で返送されてきたのだ。

「実は……」

遠い親戚の女性は、マリアが到着してすぐに亡くなったそうだ。持ち家ではなく借りていた家だったのでそこを出て、彼女は別の屋敷に住み込みで働いていたらしい。

「お身体が弱いマルグリットお嬢様に心配をかけたくなくて、ご報告するのは避けていました……本当に申し訳ございません」

「マリア……気を遣わせてしまったのね。私が辛い時には、あなたが支えてくれたんだもの。私もあなたを支えたかったわ」

「マルグリットお嬢様……」

大粒の涙を流すマリアをギュッと抱きしめる。

「あのね、私、もう元気なのよ。私がここに帰って来たことを知っているなら、このことも知っているでしょうけれど、子供も産んだの」

「ええ、存じ上げております。ああ、本当によかった……マルグリットお嬢様が元気になられた姿を見ることができるなんて、夢のようです」

「おねえさん、だいじょうぶ？　ないているの？」

自室で話していると、ルネが入って来た。

「まあ……幼い頃のマルグリットお嬢様とそっくり……」

マリアはルネを見て、ますます涙を流す。私が背中を擦ると、マリアが「うっ」と声をあげた。

「どうしたの？」

「あ……すみません。なんでもございませ……」

首の後ろに青痣《あおあざ》が見えた。

「マリア、ちょっと見せて」

服の後ろを引っ張ると、その痣は背中にも続いていた。

「……っ……ルネ、お部屋に戻っていてくれる？」

「でも、おねえさん、ないてる……」

「大丈夫だから、ね？　そうだわ。今日だけ特別、もう一回チョコレートを食べてもいいわ」

「ほんとう？」

「ええ、後で持っていくから、お部屋で待っていてくれる？」

「うん……」

ルネは何度も振り返りながら、部屋を出て行った。

「マリア、この痣は、どうしたの？」

「前に働いていたお屋敷の主人が、気に食わないことがあると殴るお方で……私、耐え切れずに逃げて来たんです……」

「なんてこと……！　抗議するわ。どこの貴族の屋敷なの⁉　許せないわ！」

「いいえ……っ！　マルグリットお嬢様のお手を煩わせるわけにはいきません。それに正直なところ、もう関わり合いたくないんです……」

「マリア……」

しかるべき制裁を加えたい。でも、マリアの気持ちの方が大切だわ。

「マルグリットお嬢様、辞めた身でこんなことをお願いするのはいけないことだとわかっています。ですが、どうか私をもう一度雇っていただけませんか？」

「ええ、もちろんだわ」

「ほ、本当ですか……!?」

「お父様には私から話しておくわ。マリアなら大歓迎よ」

「ああ……ありがとうございます。では、またマルグリットお嬢様専属の侍女にしていただけますか？」

「あ……それは……」

すると後ろに控えていたミシェルが、ズイッと前に出た。

「いいえ！　マルグリットお嬢様の専属侍女は、この私です。誰にもお譲りするわけにはいきません」

「あなたは……」

「ミシェルと申します。マルグリットお嬢様の現在の専属侍女です。マリアさん、よろしくお願いいたします」

現在の……を強調しているように聞こえるのは、気のせいかしら。

「えっと、そうなの。今はミシェルが専属侍女だから、マリアは別の仕事に就けるようにするということでもいいかしら？」

「わかりました。でも、ミシェルさんがお辞めになることがあれば、私をまた専属侍女にしていただけ……」

「辞めません。絶対に」

マリアが言い終わるよりも先に、ミシェルが口を挟む。

「あなたには聞いていません。私は、マルグリットお嬢様に伺っているんです！　しゃしゃり出てこないで！」

「お仕えするお嬢様の前で声を荒げるなんて下品ですよ」

「なんですって⁉」

「ちょ、ちょっと、二人とも、喧嘩《けんか》しないで……」

この二人、相性が最悪だわ……！　だ、大丈夫かしら……。

二人が落ち着いたところで、私は机の上に置いておいたラウル王子の手紙を手に取った。彼からは、毎日他愛《たあい》のない手紙が送られてきている。

庭の花が綺麗だとか、休憩中に犬と遊んでいてつい時間を忘れて楽しんでしまい、その後の休憩時間がなくなったとか、街に新しくできたケーキ屋さんがとても人気で行列ができている……とか。

そんな手紙を見るのが好きで、私も他愛のない話を書いて送り返していた。

そして昨日送られてきた手紙には、私の焼いたクッキーをいつ貰えるのかという催促が書いてあった。

ということで、返事の手紙の代わりに、クッキーを送ることに決めた。

焼けたクッキーを梱包《こんぽう》していると、お母様に「こういうものは送るのではなく、直接渡した方がお喜びになると思うわよ」とアドバイスされたので、直接届けに王城へやって来た。

ちなみにルネは、新しくできた友達の屋敷へ遊びに行っているので、今日は一人だ。

自主的にここへ来るのは、仮面舞踏会以来ね……。

政務室の扉をノックすると、「はい」と返事がきた。開けてくれたのは、側近のジョセフ様だった。

「これは、これは、マルグリット様じゃないですか」

「えっ！　マルグリット⁉」

奥で座っていたラウル王子が驚いたように立ち上がり、揺れた机から書類が何枚か落ちた。

「私の焼いたクッキーを召し上がりたいと言っていただけたので、お持ちしました。本当に普通のクッキーなので、お渡しするのは恥ずかしいのですが……」

「嬉しいよ。さあ、中にどうぞ。今、お茶を用意するよ」

「あ、いいえ、もう帰ります。ご政務の邪魔はしたくないので……」

「邪魔なんてとんでもない。ちょうど休憩しようと思っていたんだ」

本当かしら？　気を遣って、そう言ってくれているようにも思えるけれど、推しとのティータイムのチャンスを逃すわけにはいかない。

「ありがとうございます。じゃあ、少しだけお邪魔します」

「ラウル王子、私はこれから王立図書館へ行って、資料を集めてまいりますので」

「ああ、ありがとう」

絶妙なタイミングでジョセフ様が出て行った。

本当に資料を集めに行くところだったのかしら？　二人きりにしてくれようと、気を利かせてくれたのかもしれないわね。

政務室にはラウル王子が政務を行う大きな机と椅子が窓際にあって、その前には来客用の大きなソファがテーブルを挟んで二台置いてある。

「どうぞ座って」

「ありがとうございます」

ソファに座ると、ラウル王子が隣に座る。

向かいじゃなくて、隣に座るのね……。

「今日はルネと一緒じゃないんだね？」

「ええ、今日はお友達の屋敷へ遊びに行っているんです」

「へえ、もう友達ができたんだ。さすがルネだね」

「ええ、私はピシャール伯爵の奥方のヘレン様とお友達なんですが、彼女の子供がルネと同じ歳で、仲良くなったんです」

「そうだったんだ。たくさん友達を作って、楽しく育っていけるといいね」

「本当に」

ラウル王子の専属侍女にクッキーを渡すと、お皿に並べてお茶と一緒に持ってきてくれた。

「ああ、キミの作ったクッキーが食べられるなんて夢のようだよ」

「ふふ、大げさですよ」

「心からの言葉だよ。じゃあ、早速いただくね」

「どうぞ、召し上がってください」

上手くできたと思うけれど、ラウル王子のお口に合うかしら？

どうか、美味しいと感じてもらえますように……。

ドキドキしながらラウル王子が食べるのを見守る。彼はクッキーを咀嚼《そしゃく》すると、目を輝かせた。

「うん、美味しい。しっとりしていて、甘すぎなくて、優しい味がする。俺の好きな味だ」

「本当ですか？　よかったです！」

ホッと胸を撫でおろす私の隣で、ラウル王子はクッキーを楽しんでいる。

お世辞を言っているという様子ではない。本当に美味しそうに食べてくれている。ルネが大好きなクッキーだけど、親子で味覚が似ているのかしら。

「そういえば、マリアが……私が王都で暮らしていた時の専属侍女が帰って来たんです」

「帰って来た……ということは、どこかへ行っていたの？」

「はい、私が領地に引っ越した後、辞めてしまったんです。音信不通になってしまって、具合の悪い私の傍にいて看病してくれて……大好きだったからすごく心配だったんですが、色々と複雑で気の毒な事情があったみたいで……でも、戻って来てくれて、再会できたんです。私、嬉しくて！」

「そうだったんだ。じゃあ、ミシェルじゃなくて、マリアを専属侍女にするの？」

「いいえ、それはミシェルに失礼ですから。もし、ミシェルが辞めることがあれば、またマリアになってもらおうかと考えてはいますけど」

「そっか。……うーん、俺の考えとしては、マリアとあまり仲良くしない方がいいんじゃないかなって思うんだけど」

「え、どうしてですか？」

「ミシェルが嫉妬するんじゃないかな？　使用人同士で喧嘩になるような火種は、作らない方がいいだろう？　彼女が見ていなかったとしても距離を置いた方がいいと思うな。他の使用人の話で耳に入ることもあるし」

そういえばマリアが帰って来た時、ミシェルが面白くなさそうな顔をしていたのを思い出す。

「そうですね。気を付けます」

さすがラウル王子だわ。人の上に立つお方だし、こういったことに気が回るのね。

「うん」

ラウル王子は満足そうに微笑むと、またクッキーを一枚口にした。たくさん食べてくれていて、とても嬉しい。

「マルグリット、手紙では身体の調子はいいと言っていたけれど、今日はどうかな？」

「ええ、元気ですよ。一説によると、妊娠すると体質が変わることもあるらしいんです。私もそうじゃないかなと」

「うーん……その話は俺も聞いたことがあるけれど……」

何か引っかかっているような物言いだ。

「違いますか？」

「それだけじゃ説明しきれないような症状だったなと思って。幼い頃は健康だったのに、十歳を過ぎた頃から急に身体が弱くなるのも妙だったよね。よく聞くのは、子供の頃に虚弱で、育つにつれて丈夫な身体になっていく……っていう話だけれど」

「確かにそうですね」

十歳になるまでは本当に元気だった。今と変わりがないぐらいに。でも、どうして十歳になった途端にあんな病気がちになってしまったのだろう。

「それで大人になっても病気がちだったのに、妊娠したからと言って健康になれるかな？　呼吸器が弱いのなら、王都の汚れた空気じゃなくて、ガルシア公爵領の綺麗な空気が身体に合ってよくなった……という話になるかもしれないけど、マルグリットはそうじゃないし……」

ラウル王子は顎に手を当て、真剣に考えている。

心配してくれているのね。

私はクッキーを一枚手に取り、ラウル王子の口元へ持っていった。「どうぞ」と声をかけると、彼は目を丸くし、パクリと食べる。

「まあ、今は健康ですから、ご心配なさらないでください」

「心配するよ。大切な人のことだからね」

ラウル王子は私の手を掴むと、指先をペロリと舐めた。

「あっ！　ラウル王子……」

「クッキーが残っていたから」

指先を舐めていたかと思うと、第二関節までパクリと咥えてねっとりとなぞる。まるで胸の先端や秘部を可愛がるような時の舌使いで、淫らな気分になってしまう。

「ん……っ……も、もう……付いていませんから……」

「じゃあ、こっちには付いているかな？」

ラウル王子は指を離すと、私の唇をペロリと舐めた。

「んんっ……付いていませんよ」

「そうかな？　甘いから、付いていると思うな。ねえ、舌を出して？」

「し、舌……？」

言われたとおりに出すと舐められ、再び唇を塞がれた。

「んぅ……んん……」

直前にクッキーを食べていたラウル王子の舌は甘く、情熱的なキスにとろけてしまいそうになる。

彼はキスをしながら私の胸に触れてきた。

ドレスを着ているし、コルセットをしているから、あんまり感触はない。でも、ラウル王子に胸を触られているということが、私の興奮を煽る。

直に触ってほしい……なんて思ってしまうわ。

コルセットの下では、胸の先端がツンと尖っているのがわかる。

ここは政務室だ。それに今は休憩をしているだけで、もう政務に戻らないといけない。だからこれ以上の何かがあるなんてありえない。

ラウル王子は唇を離すと、席を立った。

ほら、もう、ラウル王子は、ご政務に戻るのよ……。

そう思っていたのに、ラウル王子は扉に鍵をかけた。

「えっ」

「ん？　どうかした？」

「ど、どうして鍵を……？」

「邪魔が入らないようにだよ。キミの素肌を誰にも見せたくないしね」

「素肌って……あ、あの、まさか、み、み、淫らなことをするおつもりで？」

ラウル王子はジャケットを脱ぎ、首元を飾っていたクラヴァットを乱暴に解きながら、こちらに戻ってくる。

「そうだよ。とっても淫らなことをするつもりだ。マルグリットは、嫌だ？　俺と淫らなことはしたくない？」

ソファに腰を下ろしたラウル王子は、そのまま私を組み敷いた。

「あ……っ……でも、ラウル王子はご政務中で……」

「……ということは、嫌じゃないと思っていいんだ？」

ラウル王子は艶やかに微笑むと、私のドレスを脱がせ始める。

「そ、そういうことを、お聞きにならないで……」

「マルグリットが可愛い反応をするから、聞きたくなってしまうんだよ」

ドレスを乱され、コルセットが露わになっている。裾もめくれ上がって、ドロワーズが見えていた。

コルセットの紐を解かれ、少しでも動いたら胸がこぼれそう。

政務室で、こんな格好をするなんて……。

背徳感が興奮を生み、身体を熱くしていく。

しかも明るいうちから……明るい⁉　恥ずかしいわ！

「ラウル王子、カーテンを……」

「ここは四階だから、外からは見えないよ」

「そこを気にしているわけではなくて、あの、明るすぎて、恥ずかしくて……」

「ああ、これだけ明るいと、お互いの姿がハッキリ見えるね」

「そうなんです！　だから……」

するとラウル王子はカーテンを閉めにいくのではなくて、私のコルセットを下ろした。明るく照らされた中胸を露わにされ、私は声にならない声を上げる。

「〜〜……っ……な……っ……カーテンは……っ」

「閉めないよ。明るい中、マルグリットの身体を見たいからね」

「そ、そんな……あっ……」

ラウル王子は私の胸を揉みながら、まじまじと見てくる。

「胸も乳首も、なんて綺麗な色なんだろう」

「や……っ……か、観察なさらないで……」

私が両手で隠そうとするよりも先に、ラウル王子が乳首を舐めるのが早かった。

「ひぁん……っ……ぁ……っ……ずるい……です……っ」

「何がずるいの？」

濡れた胸の先端に息がかかると、ゾクゾクする。私が答える前に、ラウル王子は再び乳首を舐め、もう一方を指で可愛がった。

もう秘部はぐしょぐしょに濡れていて、身をよじらせるたびに、そこからクチュリと淫らな水音が聞こえてくる。

「ぁんっ……こ、こんな風に……んんっ……され、たら……ぁんっ……もう……何も考えられなくなっちゃうって……んんっ……わかって……いらっしゃるので、しょう……？　や……んんっ」

「ふふ、そんなことないよ。俺はマルグリットに触れたいから、触れているだけさ。なんて素晴らしい感触なんだろう。ずっとこうして揉んでいたくなるよ。それにこの愛らしくて感じやすい乳首も、ずっとこうして口に含んで、舐めていたいな」

長い指に形を変えられるたび、快感が全身に広がっていく。

「ぁ……っ……んんっ……ず、ずっと……だなんて……ぁんっ……おかしくなってしまいます……」

「駄目？　じゃあ、普段は我慢できるように、たくさん揉んで、しゃぶっておこう」

ラウル王子は右胸を揉み抱き、左胸の先端を唇と舌で可愛がる。

「ん……ぁ……っ……ぁんっ……あぁ……っ……や……んんっ……」

舌や手の動きに反応して声が出てしまう。

外に聞こえていないかしら？　ああ、でも駄目……気持ちよすぎて、抑えきれない……！

口元を押さえても、どうしても隙間から声が漏れる。

胸の先端から唇を離したラウル王子は、そんな私の姿を見てクスッと笑う。

「声を気にしているの？」

「……っ……我慢、できなくて……外に……聞こえてしまいます……」

息も絶え絶えに言葉を紡ぐと、ラウル王子は私の胸を両方から寄せた。両方の乳首がくっ付いていて、あまりの淫らな光景に居たたまれなくなり、思わず目を逸《そ》らす。

「ここは壁も扉も普通の部屋よりも厚いんだ。国家機密を話す時もあるしね」

「あ……そ、そうなんですね……」

ど、どうして乳首をくっ付けてくるのかしら。

胸を上下に揺らされると、乳首同士が擦れて甘い刺激が襲ってくる。

「んぅ……っ……や……ち、乳首……擦れて……」

「防音には力を入れているから、大きな声で喘《あえ》いでくれて大丈夫だよ。マルグリットが淫らに喘ぐのを俺も聞きたい……」

ラウル王子の手が動きを止める。また乳首をくっ付いた状態にされたと思ったら、両方をペロリと舐められた。

「ひぁ……っ……えっ？　あっ……！」

ラウル王子は両方の胸の先端を同時に舐めていた。乳首をくっ付けられた意味にようやく気付き、私は与えられる快感に、大きな嬌声を上げて乱れる。

「あぁんっ……あっ……りょ、両方……同時にだなんて……やぁんっ！　ぁっ……あぁっ……」

足元からゾクゾクと何かがせり上がってくる。

「や……き、きちゃう……ぁんっ……あっ……あぁぁぁぁ――……っ」

両方の胸をチュッと吸われた瞬間、私は絶頂に押し上げられた。

「マルグリット、胸の愛撫だけで達ってくれたの？　キミは本当に感じやすいんだね……ふふ、可愛いなぁ……」

彼が手を離すと胸が元の位置にプルリと戻り、敏感になっている身体は、その刺激だけでも酷く感じてしまう。

「ぁんっ！　は……ぅ……っ……んん……」

ラウル王子は私の髪を撫でると、唇に甘いキスをくれる。

「んん……ふ……ぅ……ん……」

甘いキスに夢中になっていると、ドロワーズの紐を解かれ、手を入れられた。達したばかりの割れ目を指でなぞられると、あまりに感じすぎて腰がガクガク震える。

今、触られたら、私……おかしくなっちゃう……！

「……っ……んん～……ぁっ……ぁっ……い、今……触っては……ぁんっ……だめです……」

「達ったばかりだから、刺激が強すぎたかな？」

触られるのが辛いぐらい感じていたけれど、指が離れるとそれはそれで寂しくなってしまう。辛くても触ってほしかったような気がしてきた。

自分の身体なのに、自分のことがわからないわ。

ドロワーズをずり下ろされ、足首から引き抜かれた。ラウル王子は身体を起こすと、自身のシャツのボタンを乱暴に開けた。

私の足にちゅ、ちゅ、とキスし、ゆっくりと左右に開く。

「ぁ……っ……ま、待ってください……そこ……だめ……っ」

一番恥ずかしい場所が、明るい日差しに照らされる。

「ああ……なんて綺麗なんだろう。ピンク色で、愛液に日差しが反射して輝いているよ。この世のどんなものよりも美しい」

ラウル王子は割れ目の間を指で開いて、まじまじと眺めてくる。

「や……ぁ……見ないでください……」

足を閉じたくても、達ったばかりで力が入らない。

こんなにも恥ずかしいのは、生まれて初めてだわ。

それなのに、どうして？

ラウル王子が情欲に満ちた目で私の恥ずかしい場所に夢中になっているのを見ると、全身の血液が燃え上がって、興奮しすぎてどうにかなりそうになる。

今、触れないでほしいとお願いしたばかりなのに、その綺麗な唇で、その熱い舌で、その長い指で弄ってほしくて堪らない。

あまりの渇望に涙が出てくると、ラウル王子と目があった。

「ねえ、マルグリット……キミの可愛いここを舐めたくて仕方がないんだ。舐めてもいい？」

そのお願いに、私はゆっくりと頭を縦に動かした。

ラウル王子は舌なめずりをし、私の割れ目の間にある敏感な粒に、ちゅっとキスをする。

「ふぁ……っ」

唇でふにふに挟み、舌先でチロチロ弾くように舐め、やがてねっとりと舐めあげてきた。

「あぁんっ！　ぁんっ……や……んんっ……あぁ……っ」

こうして舐めてもらうのは、四年ぶりだ。

何度もこの感触を思い出しては、身体を熱くした。一度味わったら、決して忘れることのできない甘美すぎる快感――。

あまりに気持ちよくて涙が溢れ、顔はもうぐちゃぐちゃだ。

膣道に指を埋められ、中も同時に刺激された私は、感じることに夢中になり、途中で呼吸すらも忘れ、苦しくなったところで思い出して息をする始末だ。

足元に絶頂の予兆を感じ、私はブルリと身体を引き攣《つ》らせる。

「や……んんっ……また……きちゃ……ぅ……あっ……あぁ……や……だめぇ……」

達きたい……けれど、まだ達きたくない。

この快感をまだ味わっていたい。達くとしばらくは触れられるのが辛くなる。だから、もう少しこの時間を楽しみたい。

でも、そんな私の希望は通らない。与えられ続ける快感に抗《あらが》うことができず、私は二度目の絶頂に押し上げられた。

「あぁんっ……！　あっ……あ……っ……あぁぁぁぁぁ――……っ！」

「ふふ、また達ってくれた……ああ……可憐なキミが乱れる姿は、なんて美しくて、魅力的なんだろう……この瞬間を絵画に残しておきたいな。俺、実は結構絵は得意なんだ」

もう、私が恥ずかしがることばかり言って……！

何か仕返しになるようなことを言いたくなり、とろけた頭で必死に考えた。

「……っ……絵を描くのは……時間が、かかりますよね？」

息を乱しながら、言葉を紡ぐ。

「うん、そうだね」

「できるんです……か？」

「え？」

「この状態の私に触れず、絵を描くなんて……できるんですか……？」

ちょっと、ナルシストっぽいかしら⁉

なんて思っていたら、ラウル王子がガバッと覆《おお》い被《かぶ》さってきた。

「できません」

「ど、どうして敬語になるんですか……んんーー……っ」

ラウル王子は私の唇に深いキスをしながら、ベルトのバックルを外し、大きくなった欲望を取り出

した。膣口に宛がわれると、四年ぶりの再会を喜ぶように、私の最奥が激しく疼き出す。

「入れてもいい……？」

唇を離したラウル王子に問いかけられ、私は小さく頷いた。

熱い欲望がゆっくりと膣口を広げ、私の中に入ってくる。

「ん……っ……ぁ……」

中を広げられる感覚が、堪らなく気持ちいい。

早く奥まで来てほしくて、腰が自然に動いてしまう。

「マルグリット……そんな風に誘われたら……ただでさえ余裕がないのに、もっと余裕がなくなってしまうよ……」

ゆっくりと私の中を押し広げていた欲望が、一気に奥まで入ってきた。

「ひぁん……っ！」

最奥に熱い欲望の先が当たると、そこがジンと痺れて、全身に快感が広がっていく。あまりに気持ちよくて、涙が溢れる。

「ごめん……マルグリット、痛い？　辛いかな？」

私の涙を見たラウル王子が、慌ててその涙を指で拭ってくれる。

「ち……が……っ……気持ち……よすぎて……」

息も絶え絶えに伝えると、ラウル王子はホッと安堵の表情を見せた。

「よかった……俺も、すごく気持ちがいいよ……」

ラウル王子が腰を使い始めると、グプッグプッと淫らな音と共に、頭の天辺からつま先まで甘美な快感が広がっていく。

「あぁんっ！　ぁっ……ぁっ……んんっ……ぁんっ……あぁ……っ……！」

あの時が最後だと思っていたのに、まさかまたこうして身体を重ねることになるなんて夢にも思っていなかった。

「マルグリット……愛しているよ……ずっと、キミを抱きたかった……ずっと……ずっと…………」

私も、愛していると伝えたい。でも、一応他の男性の子を産んだことになっている私が、それを言っていいものなのだろうか。

その場の空気で流されて言っている……と思われない？

ぼんやりする頭で色々考えようとするけれど、難しいことは考えられずに何も言えなかった。

「ぁんっ！　あぁ……っ……んっ……んっ……ぁんっ……あぁ……っ！」

繋がっている場所が、燃え上がりそうに熱い。そこが壊れたみたいにずっと激しく脈打っていて、突き上げられるたびに、奥からどんどん蜜が溢れてくる。

あまりに溢れて、身体中の水分が全部抜けているの？　って思うぐらいだ。

激しく突き上げられるたびに胸が上下に揺れ、尖りがラウル王子の胸板に擦れて、さらなる快感を生んだ。足元からまたゾクゾクと絶頂の予兆がやってくる。

「ぁ……っ……また……私……い……っ……いっちゃ……ぅ……っ……ぁっ……ぁっ……」

「俺も……だよ……マルグリット……一緒に……達こうか……」

ラウル王子が手を握ってくれる。

ああ、なんて幸せなんだろう。

私がその手をギュッと握り返すと、ラウル王子が激しく突き上げて来た。

「あぁんっ！　ぁんっ！　ぁっ……ぁっ……んんっ……ラウル……王子……っ……ぁんっ……あぁっ……んんっ……ぁんっ！」

強すぎる快感が押し寄せてきて、私はすぐに達した。

熱い欲望を受け入れている中がギュウギュウに締まり、ラウル王子は苦しそうな顔で欲望を引き抜き、さっき解いたクラヴァットに精を放った。

あ……中に出さないように、してくれたのね……。

そういえば初めての時の一度目は、中で出した。でも、その後は外で出していた。

一度目の時は、出す気だったわけじゃなくて、出てしまった……という感じなのかしら。

ラウル王子はクラヴァットを投げ捨てると、私の額や頬にキスし、優しく髪を撫でてくれる。

「すごく幸せだ……このままマルグリットと一緒に居たいな」

「駄目ですよ……ちゃんと、ご政務をしないと……」

私も同じ気持ちだ。許されないとわかっていても、ずっとこうしていたいと思ってしまう。

「それにしても、初めてちゃんと結ばれる場所が、政務室でごめんね」

「え……」

初めて――じゃあ、やっぱり仮面舞踏会の日の相手が、私だとは気付いていないのね。

「ん？　どうかした？」

「い、いえ、なんでもありません」

恥ずかしいし、気付かれていなくていいのだけど、どうしてだろう。なんだか胸が押し潰されたようにギュッと苦しくなった。

◆◇◆

夜、ルネの寝かしつけを終えた私は自室に戻り、窓の外をぼんやりと眺めていた。

身体は疲れているのに、昼間のことを思い出すとなかなか眠れない。

ラウル王子って私のことをずっと好きだった……って言ってくれたけど、その間にも女性と関係を持っているのよね。

女性関係が派手だったっていう噂だし、実際に私もリナとして近付いて、身体を重ねている。寝室に処女でも楽しめるような薬も置いてあったし、実際、行為もすごいテクニックだったし、間違いないだろう。

心と身体は別ということ？　そういう考え？

でも、あの時は恋人でも、婚約していたわけでもないし、悪いことをしているわけじゃない。

でも、王族は側室を持ってもいいとされているのよね。じゃあ、今婚約しているけれど、別に他の女性と関係を持っても悪くないってこと？

そういうことに……なるわよね？

胸の中がモヤモヤしてくる。

うわ、すごく嫌だわ。私のことを好きだって思っていながら他の女性と関係を持っていることも、これからもそういう可能性があるというのも、ものすっっっっっごく嫌！

想像しただけで、嫉妬で腸《はらわた》が煮えくり返りそうだ。

ラウル王子の女性関係が派手じゃなければ、仮面舞踏会の日には抱いてもらえなかったし、ルネもいなかったわよ？　だからよかったのだけど、すごく嫌！　そういう考えが理解できないわ！

最初はラウル王子に抱いてもらって、一夜の思い出を貰えるだけで十分だと思っていたのに、私、どんどん欲張りになっていくわ……。

「んん……おかあさま……？」

ルネの声が聞こえ、ハッと後ろを振り向く。

「ルネ、どうしたの？　起きちゃった？」

「うん……おきちゃった……」

「まだ眠っていないといけない時間よ。さあ、お部屋に戻りましょうね」

ルネの部屋に戻ってもう一度寝かしつけるけれど、なかなか眠れないみたいだった。

たまにこういうことがあるのよね。まあ、大人も目が覚めると、なかなか寝付けないことがあるものね。

「マルグリットお嬢様？」

誰かと思えば、マリアだった。

「マリア、まだ休んでいなかったの？」

「ええ、それよりも、どうなさいました？」

「ルネがなかなか寝付けないみたいなの」

「私が代わりましょうか？」

「やぁ……おかあさま……」

ルネは私に抱きつき、離れようとしない。

大変だけど、愛おしくて堪らない。私はルネをギュッと抱き返し、小さな頭に頬擦《ほおず》りした。

「ありがとう。でも、私じゃないと駄目だから、大丈夫よ。あなたは気にせずに休んで。おやすみなさい」

「……はい、おやすみなさいませ」

ルネとこうしていると、自分の中にある汚いものが溶けていくみたいだわ。

「ルネ、眠くない？」

「うん、あそんじゃだめ？」

「遊んだら、余計目が覚めちゃうから駄目よ」

でも、私もさすがに眠くなってきたわ。

あくびをしていると、マリアがやってきた。

「マルグリットお嬢様、ルネ様、ホットミルクをお持ちしましたが、いかがですか？」

「マリア！　休んでいなかったの？」

「私のマルグリットお嬢様が頑張っているのに、私が休むわけにいきません。蜂蜜も垂らして、甘みもつけていますよ。さあ、いかがですか？」

「ありがとう。ルネ、いただきましょうか」

「よるなのに、いいの？」

「今日だけは特別よ」

マリアからカップを受け取ろうとしたその時、ミシェルが慌てた様子で入って来た。

「いけません！」

「ミシェル、あなたも休んでいなかったの？」

「な、なんですか。いきなり現れて……っ」

「マルグリットお嬢様とルネ様がお口にするものは、私がお持ちしたものしか駄目なんです。さあ、それを持ってお引き取りください」

「なんですって……っ⁉」

「ちょ、ちょっと、二人とも……」

「マルグリットお嬢様の現専属侍女は、この私です。前の専属侍女だからって出しゃばらないでください。さあ、お引き取りを」

「ミシェル、マリアがせっかく用意してくれたから……」

「……っ……マルグリットお嬢様は、この女が作ったホットミルクの方がいいと言うんですか？」

ミシェルは瞳を潤ませ、今にも泣きそうな顔で私を見る。

「そ、それは……」

「マルグリットお嬢様、こんな精神が不安定な女、早く解雇してください！　マルグリットお嬢様の専属侍女として相応しくないわ！」

「それはあなたでしょう！　あなたが作った不味《まず》いホットミルクなんて、お二人に飲ませられないわ！　自分で飲みなさいよ！」

「なんですって!?」

「何よ。味に自信があるのなら、飲んでみなさいよ。ほら」

「……っ……」

じゃあ、飲んでやるわよ……という流れがくるかと思ったけれど、マリアは身体をワナワナ震わせて、何も言わずにいた。

「どうしたの？　さあ、飲んでみなさいよ」

「ふたりとも、こわいよぉ……ぼく、ホットミルクなんていらない……！　わぁぁんっ！」

ルネまで泣いてしまった。

地獄絵図……！

「二人とも、やめて。喧嘩をするなら、さがってちょうだい」

「申し訳ございません」

「し、失礼致します……」

二人がさがっていった後もルネは泣き止《なや》まず、かなりの時間、愚図《ぐず》って、なかなか寝てくれなかった。

はあ……ようやく寝たわ。今、何時かしら。時計を見るのが怖い……。

それにしても、あの二人、相性がよくないのね……。

『そっか。……うーん、俺の考えとしては、マリアとあまり仲良くしない方がいいんじゃないかなって思うんだけど』

『え、どうしてですか?』

『ミシェルが嫉妬するんじゃないかな? 使用人同士で喧嘩になるような火種は、作らない方がいいだろう? 彼女が見ていなかったとしても距離を置いた方がいいと思うな。他の使用人の話で耳に入ることもあるし』

ラウル王子が言っていたことを思い出す。

もうすでに遅いような気がするけれど、気を付けるようにしないと……。

あまりに眠すぎて、自室に戻らずにルネの隣で眠ってしまった。

◆◇◆

「……それでね。夜中に二人が喧嘩を始めて大変だったのよ。ルネは泣くし、それから寝ないし」

「修羅場だね。でも、複雑なことになっちゃったね」

「そうなの。困ったわ」

数日後、私は幼馴染のピエールにお茶に誘われ、ルネと共に彼の屋敷に遊びに来ていた。

ペリエ伯爵家の使用人たちがルネの相手をしてくれている。今は庭でボール遊びをしているので、私はピエールとゆっくり話すことができていた。

庭の一角にテーブルを用意してもらい、ルネが遊ぶ姿を見ながらお茶をしている。

「おかあさまーっ！」

時折ルネがこちらを見て、手を振ってくるのが可愛い。

「屋敷の中で、二人が顔を合わせないようにっていうのも無理だろうし、いっそのことマリアは別の屋敷を紹介してあげたら？　うちでよければ、雇ってあげようか？」

「ええ……っ！　それは追い出すみたいで嫌だわ。私、マリアが大好きだし……」

「それは知っているよ。でも、マリアが肩身の狭い思いをして過ごすのは、もっと嫌じゃない？」

「……そう、ね」

大好きだから傍に……と思っていたけれど、それはマリアのためにはならないかもしれないわ。

「ピエールに相談してよかったわ。ありがとう。考えてみるわね」

「どういたしまして。……へへ」

「なぁに？　急に笑ってどうしたの？」

「なんだか、懐かしいな……と思って。昔はよくこうしてお茶をしながら、色々話したよね」

「ふふ、そうね。またこうしてお話ができて嬉しいわ」

「僕もだよ。もう二度と会えないと思っていたのに、またこうしてマルグリットとお茶ができるなんて夢のようだ」

「大げさよ。でも、嬉しいわ」

二人で笑い合っていると、誰かが私の肩に触れた。

「え？」

振り返ると、そこにはラウル王子が立っていた。

「ラウル王子！　どうしてここに？」

「少し時間が空いたんだ。昨日送ってくれた手紙に、ペリエ伯爵子息の屋敷でお茶をするって書いてあったから。そろそろ帰る時間だよね？　迎えに来たよ」

「ラウル王子、いらっしゃると知らずに、お出迎えをせずに申し訳ございませんでした」

ラウル王子はピエールが席を立って挨拶しようとするのをとめ、にっこり微笑んだ。

「約束もなしに突然来たんだ。こちらこそすまないね」

「いいえ、とんでもございません！」

「おとうさまぁ――っ！」

ラウル王子に気が付いたルネが、全速力で走ってくる。彼は両手を広げてルネを受け止め、高く抱き上げた。

「ルネ、迎えに来たよ。そろそろ帰ろう」

「うんっ！」

「ピエール、じゃあ、またね。今日はとても楽しかったわ。近々またお茶をしましょう。今度はうちの屋敷に来てね」

「ああ、また」

◆◇◆

「ルネ、眠ったね」

「ええ、私の部屋に移動しましょうか」

ガルシア公爵邸に到着した私たちは、ルネを昼寝させ、私の部屋に移動した。

「昼寝をする時は、夜よりも眠るのが早いね」

「そうなんです。夜もこれくらい早く寝付いてくれたらいいんですけどね」

「今日、ご両親とガルシア子息は？」

「お父様とジャンお義兄様は領地の視察に行っています。お母様はご友人と演劇を見に行った後、お食事をしてくると言っていたので、三人とも夜まで帰りません。ラウル王子がいらっしゃると知っていたら、三人とも出かけなかったと思うんですが、ごめんなさい」

「いや、むしろ言わずに来てよかった。三人の予定を台無しにするところだったよ」

「今日はどれくらい居られるんですか？」

「何時でも。もう急ぎの政務は、昨日のうちに終わらせてあるから」

「え、そうなんですか？」

そういえば、少し疲れた顔をしている。

「あの、もしかしてお疲れですか？」

「疲れてはいないよ。ただ、ちょっと寝不足なんだ。朝方までかかって、二時間ぐらいしか眠れなかったから……」

「ええっ！　そんなに急ぎのものだったんですか？　少し休んだ方がいいですよ。私のベッドでよければ、どうかお使いください」

「……うん、じゃあ、使わせてもらおうかな」

「はい！　きゃっ⁉」

ラウル王子は私を抱き上げると、ベッドまで移動した。

「えっ……あの、私は眠くないのですが？」

「誘ってくれたんじゃないの？」

「誘っ⁉　ち、違います。私は、ラウル王子がお疲れだと思って、純粋に休んでいただこうと……あっ」

あっという間に組み敷かれてしまった。

「実はね、別に急ぎの政務じゃなかったんだ。今日中にやればよかったものだ」

「じゃあ、どうして……」

「俺の愛おしい人の手紙に、他の男の屋敷に行くと書いてあったから」

手を掴まれて、指先を甘噛みされた。

「ん……っ……そ、それで、急いで片付けたんですか？」

「ああ、盗《と》られないように迎えに行こうと思って」

「男って言っても、ピエールは幼馴染なのに……」

「俺のことは敬称をつけて呼ぶのに、彼のことはファーストネームで呼ぶんだ？」

もしかして、嫉妬しているの？

嫉妬してもらえるのが嬉しく感じると同時に、面白くない感情も生まれる。

自分だって、女性関係が激しいくせに……。

ううん、こんなことを思っては駄目。立場が違うのよ。私は他の男性と結ばれることは、許されていない。でも、ラウル王子には許されているの。だから、悪いことをしているわけじゃないわ。

わかってはいるのに、モヤモヤした気持ちが治まらない。

今の顔はさぞかし醜い顔をしているだろうと、顔を背けた。

「昔からそう呼んでいるだけで、深い意味はありません」

「そう……じゃあ、俺もファーストネームで呼んでほしいな」

「えっ！　ラウル王子のことも？」

「うん、駄目？」

「で、でも、体裁が……」

「二人きりの時だけでいいよ。それとも、ペリエ伯爵子息は、男性として特別な人なのかな？」

耳朶《じだ》を甘噛みされた。

「ん……っ……違います……ラウル……」

「ふふ、こっちを向いて呼んでほしいな」

今の私の顔、大丈夫……かしら。

恐る恐る前を向くと、彼が情熱的な目を向けられた。

「ラウル……」

「うん、マルグリット……」

ちゅっと唇にキスされ、どんどん深くなっていく。

「ん……ふ……んん……」

ラウルの手が淫らに動いて、私のドレスを乱した。

「あ……待ってください……眠らなくて……いいのですか……？」

「眠るよりも、こうしている方がずっと疲れが取れるからね」

私をすべて脱がせ終えたところで、ラウルが身体を起こし、自身の服を脱いでいく。明るいから彼の身体が、はっきり見える。

無駄な贅肉《ぜいにく》が少しもない、鍛えられた美しい身体――。

この身体に抱かれた。この身体にこれから抱かれる……そう考えたら、ただでさえ熱い身体が、なおのこと熱くなる。

「可愛い目でジッと見て、どうしたのかな？」

「あ……っ」

気付かれてしまったわ。

「ん？」

すべてを脱ぎ終えたラウルが、私の上に覆い被さってくる。

誤魔化すような言葉が出てこないので、正直に話すことにした。

「ラウルの身体があまりに綺麗なので、見惚《みと》れてしまいまして……」

「ふふ、マルグリットの身体の方がずっと綺麗だよ。このミルク色の大きな胸とか」

ラウルは私の胸を包み込むと、しっとりと揉んできた。

「ぁ……っ」

「触れるとすぐに尖るこの感じやすい桃色の乳首とか」

主張を始めた胸の先端を指でスリスリ擦られると、甘い吐息が零れる。

「や……んんっ……」

「この柔らかいお腹や、白い足や、それからここも……」

ラウルの大きな手が私のお腹と太腿を順番に撫で、割れ目の間を指でクパリと広げた。

「ぁ……っ」

ただ広げられただけなのに、それを愛撫と捉えた秘部がヒクヒクと疼く。

「マルグリットは、この世の綺麗なものを集めてできたような身体をしているね」

「そ、んな……」

「幼い頃から、そんなキミに夢中だった。幼い頃からキミの美しさは輝いていたよ」

でも、他の女性は抱くのね……。

褒められているのに、モヤモヤした気持ちがまた蘇《よみがえ》ってくる。

胸の中に黒い霧がかかったみたい。苦しくて、息ができない。

「キミを知る男は、みんなキミの美しさから目が離せない。ペリエ伯爵子息もそうだと思うな」

「ピエールは……私にそんな感情、抱くはずありません……幼馴染……だもの……」

「そうかな？　今日、キミたちの姿を見つけてから、少し離れたところでしばらく見ていたんだ。ペリエ伯爵子息のキミを見る目は、恋する男の目そのものだったよ」

長い指が胸の先端をなぞられ、私は甘い刺激にビクビク身悶えを繰り返しながら、内側にある黒い気持ちから意識を背けようとする。

「そんなわけ……ぁんっ……んんっ……」

「じゃあ、マルグリットは？」

「え？」

「ペリエ伯爵子息のことを、どう思っているの？　好きだと思ったことは、一瞬たりともない？」

その言葉に、頭に血が上って頭が真っ白になった。快感を与えられて、理性が砕けそうになっていたせいもあるかもしれない。

私はあなたのことしか考えていないわ！　あなたと違って、あなたを想《おも》いながら他の人によそ見をすることなんて一度もなかったし、これからもないわ！

「私はあなたと違って……っ！」

「マルグリット？」

涙が出てくる。

声を荒げて涙を浮かべる私を見て、ラウルは目を丸くしていた。

私、感情的になって、とんでもないことを言おうとしたわ……！

金色の瞳に見つめられると、心の内を覗かれてしまいそうに感じる。そして顔を見ていると、また感情に任せて言葉を口にしてしまいそうで、私は彼に背を向けた。

「今のは、どういう意味？」

後ろから耳元で尋ねられた。唇が耳朶に当たると、ビクビク身体が震えてしまう。

「ん……ぅ……っ……な……なんでも、ありませ……ん……」

「そう……」

ラウルが身体を起こしたのがわかった。

気を悪くしてしまったかしら……。

不安になっていると、お尻を持ち上げられた。

「きゃ……っ⁉　ラ、ラウル王子……何を……」

「王子はいらないよ？」

「ラウル……あの……あっ」

ラウルは私を膝で立たせ、お尻を突き出した状態にさせる。

「……っ……こ、こんな格好……恥ずかし……」

「マルグリットが背中を向けるから、こうしてほしいのかなと思って」

「違います……っ……きゃっ」

ラウルの大きな手が、お尻を撫で始めた。

「マルグリットのお尻は可愛いね。それにスベスベだ。ずっとこうしていたくなるな」

「や……んんっ……くすぐったい……」

「ああ、マルグリットが触られて好きなのは、こちらだったね」

「え？　あ……っ」

後ろから割れ目の間を開かれ、膣口を露わにさせられた。開かれた瞬間、蜜がトロリと垂れて、シーツに滲《し》みた。

「こ、こんな格好……させる……なんて……」

普通に見られるのも恥ずかしいけれど、後ろから見られるのはそれ以上の恥ずかしさだった。

「お尻の穴を見るのは初めてだな。なんて可愛いんだろう」

「や……っ……み、見ないでください……ひぁん……!?」

ラウルは私の割れ目の間を後ろから舐めてきた。

「ぁんっ……や……んっ……う、後ろ……から……なんて……ぁ……っ……ぁ……っ……や……ぁんっ……は……んんっ……」

さっきの涙とは別の涙が出てきて、顔を押し当てた枕に滲みていく。

気持ちいい……でも、こうして感じた令嬢がどれだけいるのかと考えてしまって、胸が苦しくて堪らない。

「嫌……っ」

こんなこと、考えたくない。誰か止めて——……！

こんな感情を抱いてしまうのは、四年前よりもずっとラウルのことを好きになっているからだ。

推しという言葉では表現できないぐらい彼に夢中で、彼の過去は変えられないのに、過去も独占したくて堪らない。

なんて私は欲張りなんだろう。

「嫌？　でも、すごく気持ちよさそうだよ。ほら、小さい穴がヒクヒクしながら、こんなに蜜を溢れさせている」

ラウルは丸めた舌を膣口に差し込み、ヌプヌプと出し入れしてくる。

「ひぁんっ……！　あっ……そ、そんな……舌……入れちゃ……あぁんっ！　ぁ……っ……あぁ……っ……やっ……だめ……っ……いや……っ」

「こっちも寂しそうだね。両方弄ってあげようか」

敏感な粒を指で可愛がり、中を舌で搔《か》きまぜられた。

「あぁんっ……あっ……ぁっ……同時……なんて……ぁんっ……や……舌も……指も……だめぇ……っ……ぁんっ……あぁっ！」

最初は強引にお尻を突き出す格好にさせられていたけれど、今は自主的にその恰好を維持していた。

こうしていれば、気持ちよくしてもらえるから。

なんていやらしいの……。

ラウルと身体を重ねるごとに、淫らな身体に作り変えられているみたいだ。

足元からゾクゾクと絶頂の予兆を感じる。

すると、ラウルは動きを止めた。

え……？

最初は偶然かと思った。でも、何度か繰り返されて、それは偶然ではなく故意的にしていることだと気が付いた。

焦らされた身体は、グズグズと泣き出してしまいそうなほど切ない。でも、達かせてほしいだなんて恥ずかしいことは言えない。

どうしてこんなことをするの？

「ねえ、マルグリット……達きたい……？」

言えるわけがない。でも、本当に切なくて、私はわずかに頷くことで答えた。

「じゃあ、俺の質問に答えて」

「し、つ……もん？」

また、ピエールのことかしら。

「ルネの父親のことを、愛している？」

心臓がドキッと跳ね上がった。

「そ……れは……」

今、この状態で話したら、ボロが出てしまいそうだ。

「教えて。マルグリット」

敏感な粒を指で小刻みになぞられると、目の前がチカチカして、頭が真っ白になるほどの快感がやってくる。

「……っ……あ、愛し……ています……」

これくらいなら……言っても平気、よね？

足元からまた絶頂の予兆を感じ、身体がビクビク震えた。

今度こそ、達ける……。

そう思っていたのに、直前のところでラウルは愛撫をやめて、お尻を撫でてくる。

ああ、どうして……。

ラウルが何を考えているかわからない。どうしてこんな意地悪をしてくるのだろう。

「じゃあ、どんな男だったの？」

「……っ……内緒……です……」

絶頂が遠ざかったのを見計らうように、ラウルはまた後ろから秘部を舐めてきた。

「ひぁ……っ……ぁ……っ……んんっ……」

「そんなことを言わずに、教えて？」

「んぅ……っ……す、素敵な……人です……ぁ……っ……ぁ……っ」

「そうなんだね。それから？」

濡れた秘部に熱い息がかかって、焦らされた身体は、それだけの刺激も強い快感として受け止めていた。

どうしよう。もう、何も考えられなくなってきたわ。

「んぅ……言えませ……や……んんっ……」

敏感な粒を絶妙な力加減で吸われ、お腹の奥が切なさに襲われる。

達きたいし、中に入れて奥を突いてほしくて堪らなかった。

「教えて、マルグリット……ずっと知り合いだった人なのかな」

駄目……もう、頭が真っ白だわ。

もう長い間焦らされ続けることを繰り返され、もう私の理性は限界を迎えていた。もう、これが現実なのか、それとも夢の中なのかもわからない。

膝が震えてお尻を突き出したままの格好でいられなくなった私は、いつの間にか仰向《あおむ》けにされて攻め立てられていた。

ラウルは私の胸をしゃぶりながら、割れ目の間を指で刺激し続けている。

「マルグリット、ルネの父親は知り合いなのかな？」

「ぁ……んんっ……そ、ぅ……し、しりあ……ぃ……あっ……んんっ……はぁ……んっ……ぁ……んんっ……ぁんっ……」

「そうなんだね……じゃあ、いつからその男を愛していたのかな？」

「ず……っと……ずっと……愛し……て……ぁっ……ぁっ……ぁん……っ……あぁ……っ」

そうよ……私は、ずっとラウルだけ……ラウルが他の女性を抱いている間も、私は病に苦しみながら、ラウルだけを想い続けて来たわ。

ルネの父親のことは、誰にも秘密……このことは、誰にも言わない。

でも、こうして話しているってことは、これは現実じゃないの？　そうよね。ありえないもの。きっとこれは夢よ。

「じゃあ、その男の名前は？　教えてくれたら、達かせてあげるよ」

「い……かせ……？」

「そう、達かせてあげる。ずっと我慢してきたからね。とても気持ちよくなれるはずだ。さあ、マルグリット、気持ちよくなろうか……」

乳首と敏感な粒を両方激しく攻め立てられ、もう何度目になるかわからない絶頂の予兆が、足元からものすごい勢いで駆け上がってきた。

夢なら、言ってもいいわよね？　だって、夢だもの……！

「あっ……あっ……ルネの……っ……ち、父親は…………っ……ぁんっ……ラ、ラウル……っ……あぁぁぁぁぁっ……！」

激しい絶頂が襲い掛かってきて、私はガクガク震えながらラウルの名前を叫んでいた。

あまりの気持ちよさに、息ができない。

「〜〜〜〜……っ」

目の前がチカチカする。力が入らなくて、指一本動かせない。瞼《まぶた》にすら力が入らなくて、目が開けられない。

「ルネは、俺の子供だったんだね」

え……？

私を現実に引き戻したのは、ラウルの声だった。

重い瞼を開けると、そこにはラウルの姿があった。もちろん夢じゃなくて、現実のラウルだ。

私、なんてことを――……！

「あ……わ、私……」

どうしよう。もう、誤魔化せない。

こんな重大な事実をどうして今まで言わなかったんだって、軽蔑されるに違いないわ。そうなれば、ルネはどうなるの？

どうしよう。どうしよう。どうしよう……！

動揺のあまり目から大粒の涙が流れた。するとラウルがギュッと抱きしめてくれる。

「ラウル……ご、ごめんなさ……」

「マルグリット、泣かないで。俺の方こそごめん。本当はルネが俺の子供だって、知っていたんだ」

「…………え？」

知っていた？　え？　じゃあ、仮面舞踏会の日に身体を重ねたのが、私だったって気付いていたってこと？　いつから？　どうして？

「ど、どういうことですか？」

「四年前の仮面舞踏会で、マルグリットが参加していたのはすぐにわかったんだ。驚いたよ。とても社交界に出られる状態じゃないって聞いていたから」

あの時、もうすでに気付かれていたの⁉

「あの日だけは、なぜか調子が良くて……」

達したばかりでぼんやりしていた頭が、精神的な衝撃によって一気にハッキリしていく。

え、じゃあ、私の大胆な発言の数々は、すべて私が言っていたって、バレていたってこと……？

「だからだったのか……」

「あの、ど、どうして私って……わかったんですか？　子供の頃以来、ずっとお会いしていなかったし、仮面をしていたし、私の髪や瞳の色はラウルと違って珍しいものじゃないですし……」

「俺が仮面をしたぐらいで、マルグリットをわからないはずがないよ。ずっとマルグリットのことが好きなんだから」

ラウルは自信満々で言い切った。

そんなにも私を好きでいてくれたのに、どうして他の女性と関係を持つの⁉

「……っ……他の女性と……」

「え？」

私はハッと我に返り、首を左右に振った。

何を言うつもりなの……！

「な、なんでもございません。あの、続きを教えて頂けますか？」

「ああ、それで、ずっと話しかける機会を狙っていて、ホールから抜け出すのが見えたから、すかさず追いかけたんだ。それでキミに話しかけたら、なんとキミの方から誘ってくれて……」

「うぅ……っ」

穴があったら、入りたい……！　むしろ掘りたいわ……！

「どうしたの？」

「は、恥ずかしくて……私だとわかっていること、どうしてあの場で、言ってくださらなかったのですか？」

「正体を暴かないでほしそうだったからだよ」

そうよね……！　確かにそうだったわ……！

じゃあ、政務室で結ばれた時、「初めてちゃんと結ばれる場所が、政務室でごめんね」と言ったのは……ん？　あら？　『初めて結ばれる場所』じゃなくて、『初めてちゃんと結ばれる場所』……つまりは、偽名を名乗らずに、ちゃんとマルグリットと結ばれる場所って意味？

「嬉しかったよ。大好きな子から告白してもらった上に、誘ってもらえるなんて……」

誘うとか言わないで……！　事実だけども……！

「ルネはあの時の子だね？」

「……っ……仰る……通りです。証明しようはありませんが、私はあなたとしか、したことがありません」

「わかるよ。だって、君の身体はあの時のまま、俺の知らない癖は付いていない。俺が教えたことしか知らない」

ラウルは私の太腿を撫で、頬にキスしてくる。

「ぁ……っ……」

「ずっと不思議だったんだ。どうしてあの夜、わざわざ素性を隠して俺を誘ったの？」

「ラウルの気持ちを知らなかったので、私だってわかったら、抱いてもらえないんじゃないかと思って……顔見知りでそういう関係になるのは、気まずいから避けたい……という考えもあるでしょう？　私はあの夜、絶対にラウルに抱いてほしかったんです。だから確実な方法を採《と》りたかったんです」

「それはどうして？」

「あの時は、もう間もなく死んでしまうと思ったからです。ラウルに近付ける機会は、あの日しかなくて……ずっとあなたをお慕いしていたから、どうしても最後に思い出が欲しかったんです……」

「マルグリット……」

ラウルがギュッと抱きしめてくれる。

こんな風に、自分の気持ちを伝えられる日が来るなんて思わなかった。

「ずっと、ラウルを好きでした……」

「俺もだよ」

唇を重ねられそうになり、そっと目を瞑る。でも、胸の中のモヤモヤが抑えきれなくて、私はラウルの唇を手の平で塞ぐ。

「んんっ……マルグリット？」

もう、我慢できない。

「私のことをずっと好きだって言ってくださいましたよね？」

「うん、そうだよ。大好きだ」

「じゃあ、どうして他の女性と、関係を持つんですか……っ！」

冷静に聞こうと思ったのに、感情が押さえきれなくて声を荒げてしまう。

「他の女性？　俺が抱いたのは、マルグリットだけだよ」

「嘘……っ！　女性関係が派手だって噂で、それで私もそれなら相手にしてもらえるって思って、素性を隠してあなたに近付いたんです……でも、根も葉もない噂もあるし……と思っていたけれど、す、すごく、気持ちよくさせるのが上手だし……」

「本当？　ありがとう。マルグリットとしたくて、かなり勉強したんだ。実践するのは、もちろん初めてだったから、そう感じてもらえてすごく嬉しいよ」

「じゃ、じゃあ、あの破瓜《はか》の痛みを抑える薬は？　あんなもの、どうして持っていたんですか？」

「マルグリットといつかする機会に恵まれたら、使おうと思って用意していたんだ」

「え……っ⁉」

嘘、そんなことって……え？　じゃあ、あれは本当に根も葉もない噂って……こと⁉

「ほ、本当に他の女性と、していないんですか？」

「していないよ。マルグリットとしかしない。これまでも、これからも、マルグリットだけだ。だから、キスしてもいい？」

「……っ……」

頷くよりも先に、ラウルが唇を重ねてきた。

「んん……っ……ん……」

情熱的なキスで、息もできないぐらいに激しい。

「ラウル……疑って、ごめんなさ……」

「上手だって言ってもらえて嬉しかったから、許してあげる」

上手に描けた絵を褒めた時のルネと同じような表情をするものだから、思わず笑ってしまう。

「ねえ、マルグリット……キミの中に入っていい？」

割れ目の間を大きくなった欲望で擦られ、甘い快感がお腹の奥の熱を強くしていく。

「ん……っ……は、はい……」

「たくさん焦らしてごめんね」

「や、やっぱり、わざとだったんですね……ぁ……っ」

灼熱《しゃくねつ》の肉杭が、私の膣口を押し広げて入ってくる。中が悦《よろこ》びで震え、奥へ誘導するように収縮を繰り返していた。

「ああでもしないと、本当のことを話してくれないと思って……罪滅ぼしに、たくさん気持ちよくしてあげるよ」

奥まで満たされると、中がラウルの欲望でいっぱいになってとても苦しい。でも、その苦しさが心地よかった。ずっと入っていてほしいと思うぐらいだ。

「……っ……ン……」

広い背中に手を回すと、ラウルが唇にキスしながら、激しく突き上げてきた。

「んっ……んぅ……んっ……ふ……んん……んっ……んんっ」

散々焦らされた私の中は蜜で溢れかえり、ラウルの欲望に掻き混ぜられ、グチュグチュと淫らな音が、繋がった場所から聞こえてくる。

「マルグリットの中……トロトロだね……あったかくて……俺のをギュウギュウに締め付けてきて

……すごく……気持ちいい……」

「ぁんっ……！　わ、私も……気持ち……ぃ……っ……ぁんっ……あぁっ……んんっ……ぁんっ……ぁっ……ぁっ……」

あまりにも気持ちよくて、涙が出てくる。足元からゾクゾクと絶頂の予兆を感じ、彼の背中にある手に力が入る。

「ん……っ……中が……すごい締まってきてる……マルグリット、達きそう？」

「ぁ……っ……ぁ……っ……や……んんっ……い、いっちゃ……ぅ……っ……ぁんっ……あぁんっ……！　ぁんっ……ぁっ……んんっ」

ラウルが中を広げるように、欲望でクルリと掻き混ぜてきた。わずかな隙間から入り込んできた冷たい空気が、熱い中に入り込んでくる。

空気が入ったことで、突かれると余計に音が大きくなった。耳を塞ぎたくなるほどの淫らな音で、私の興奮をより煽った。

「達って……マルグリット……キミの達った可愛い顔を俺にだけ見せて……」

ラウルは私の膝裏を掴むと、さらに激しく突き上げてきた。足元を彷徨っていた絶頂の予兆が一気に駆け上がり、私の頭の天辺まで貫いていく。

「や……いっちゃ……っ……ぁっ……ぁっ……ぁっ……あぁぁぁぁ――……っ！」

私は大きな嬌声を上げ、快感の頂点へと昇りつめた。

「ああ……マルグリット、キミの達く顔は、なんて色っぽいんだろう……見ていたら、理性が砕けてしまって、俺はただの獣に成り下がってしまいそうだよ」

私が絶頂に痺れている間も、ラウルは激しく突き上げ続けてくる。身体が敏感になっていて、達っている間に動かれるのは辛い。でも、それがとても気持ちよく感じた。

「ぁんっ……ぁあっ……ラウル……んっ……はぅ……んんっ！　気持ち……ぃっ……ぁんっ……ぁっ……ぁっ……はぁ……っ……気持ち……ぃぃの……あぁっ……んっ……あっ！」

「俺もだよ……マルグリット……すごく……すごく気持ちがいい……ああ……好きだ……マルグリット……愛しているよ……」

ああ、そうだわ……私、もう、ラウルに自分の気持ちを伝えてもいいんだわ。

「ラウル……私も……ラウルが大好き……んっ……んっ……愛して……います……んっ……ぁ……っ……ぁんっ……」

「えっ！　ま……っ……そ、それは……あっ……あぁ……っ」

するとその時、ラウルの欲望が大きく脈打ち、私の中に情熱をドプリと放った。

「ぁ……っ……ラ、ラウル？」

初めての時みたいに、中で出された。

あ、あら？

「ご、ごめん。まだ、俺、達くつもりじゃなくて……でも、マルグリットに大好きって……愛しているって言われて、もう嬉しくて……」

ラウルの顔は真っ赤だった。

つまりは私に告白されて、動揺して達ってしまった……ということよね？

いつも格好いいのに、なんて可愛らしいのかしら。

「……中で出すなんて……まだ、結婚式も挙げていないのに、赤ちゃんができてしまうかもしれませんよ。どうするんですか？」

少しだけ意地悪な口調で聞いてみる。

「本当にごめん……でも、俺としてはものすごく嬉しいんだけど、マルグリットは嫌かな？」

不安そうな様子で恐る恐る尋ねられ、私は口元を綻ばせて首を左右に振った。

「もちろん、嬉しいです。大好きなラウルの赤ちゃんですもの」

「マルグリット……」

ラウルは嬉しそうに笑うと、私の唇にキスしてきた。

「ん……ふふ……んっ……んん……ん？」

キスしていると、中にあるラウルの欲望がまた大きくなってきたのを感じた。

「ラ、ラウル……あの……」

「一度じゃ足りない……もう一度、いい？」

尋ねておきながら、すでにラウルは腰を動かしていた。

「ぁんっ！　ぁ……っ……やめるつもり……ないじゃないですか……ぁんっ！　ぁっ……ぁっ……」

「ふふ、バレてしまったか」

「もう……ぁっ……ぁっ……ぁんっ……あぁっ！　ルネが……起きるまで……ですよ？」

「ルネがたくさんお昼寝してくれることを祈ろう」

ラウルの願いが届いたらしく、ルネはこの日長くお昼寝をしてくれたのだった。

その分、夜に寝てくれなくて大変だったオチが待っているのだけど、私の胸の中は幸せでいっぱいだったのでよしとした。

第四章　誘拐

当たり前の日々を送れるのは、とても幸せなことだ。日常は突然壊れる。

元気に過ごしていた日常が急に壊れ、ずっと寝たきりになっていた私は、それを誰よりもわかっていた。そして誰よりも恐れていた。

――その日は、唐突に訪れた。

「ルネ、どこにいるの？　ルネ！　ミシェル、そっちにはいた？」

「いらっしゃいません。庭も確認しましたが、そちらにも……」

「おかしいわね……どこへ行ってしまったのかしら」

いつものようにお昼寝をしていたルネが、忽然《こつぜん》と自室から姿を消したのだ。途中で起きた時は、必ず誰かに声をかけるのに、ルネに声をかけられた者はいない。

みんなの手を借りて屋敷も隅々まで探したのに、ルネの姿が見つけられない。

「お父様とお母様のお出かけに着いて行ったのかしら……ううん、ありえないわよね。お二人はルネがお昼寝する前に出かけたんだもの。じゃあ、ジャンお義兄様……は、朝から出かけているし……」

「どこかに隠れているうちに、眠ってしまった……とか？」

「それが一番濃厚ですね。一部屋ずつ見て行きましょう」

みんなで手分けをして各部屋を見ていると、執事のティボーが手紙を持ってきた。

「マルグリットお嬢様、たった今、平民の少女が訪ねてきまして、これをお嬢様に……と申しておりましたが、いかがいたしましょう」

「私に？」

平民の少女……ルネの友達？　どこで知り合ったのかしら。でも、ルネの友達なら、どうしてこの手紙を私に？

なんだか、胸騒ぎがした。

ルネを探さないといけない。でも、今すぐこの手紙を確かめたい。

「ティボー」

「ペーパーナイフでしたら、こちらに」

「ありがとう」

開封して手紙を取り出すと、そこには少女が書いたとは思えない字が並び、一番下には地図が書いてある。

何なの……？

胸騒ぎが、大きくなっていく。

手紙を読み終えた私は、膝から崩れ落ちそうになった。

「マルグリットお嬢様！　大丈夫ですか⁉　手紙には、なんと……？」

ミシェルが支えてくれた。落とした手紙をティボーが拾う。

「お嬢様、拝見させていただきます」

「駄目！　見ないで！」

私はティボーから手紙を奪い取り、ギュッと握りしめた。

「お嬢様？」

手紙には、こう書かれていた。


『マルグリット・ガルシア、お前の息子ルネは預かった。

現在ルネは、我々が飲ませた毒薬により、意識不明となっている。息子を助けるには、本日中に解毒薬を飲ませなければならない。

息子を助けたければ、一人で下記の地図の場所へ来い。このことは誰にも言うな。

お前は我々に見張られている。誰かに助けを求めればすぐにわかる。

口外したことがわかった時点で、息子を殺す。

ガルシア公爵家の立派な門に息子の首を飾られたくなければ、言う通りにすることだ』

ルネは自分の意思でどこかに行ったんじゃない。誘拐されたんだわ……！

「マルグリットお嬢様、手紙によくないことが書かれていたのでしょうか」

「い、いえ、そんなことないわ。あの子は教会に来ている子みたい。教会に寄付しているパンの種類を増やしてほしいって書いてあったわ。同じパンだけじゃ飽きてしまうものね。お父様に相談してみるわ」

動揺していて、頭が回らない。これで誤魔化されてくれるかしら。

「……かしこまりました」

ティボーは少し訝《いぶか》し気《げ》な表情を浮かべたけれど、なんとか納得してくれたらしい。

「……っ……少し、疲れたわ。一人にしてもらえる？　休みたいの……みんなは引き続きルネを探してくれるかしら……」

「かしこまりました。ミシェル」

「はい、ティボー様」

ティボーとミシェルが部屋を出ていくのを見て、また手紙を開いた。

場所は街外れの森みたいね。結構遠い……徒歩で向かえば日が暮れてしまうわ。でも、ガルシア公爵家の馬車は使えない。辻馬車を拾うしかないわ。

ああ、ルネ……どうしてこんなことに……。

溢れてくる涙を袖で拭い、引き出しにしまってあるお金を取り出す。

泣いている場合じゃないわ。しっかりしないと……！

するとノックなしで、扉が開いた。

「……っ⁉」

ギクリと身体を引き攣らせて振り返ると、ミシェルが立っていた。

「ミシェル？　ノックもなしにどうしたの？　あなたらしくないわね」

「申し訳ございません。緊急事態だったので……その袋は、お金をしまってあるものですね？　どうなさるおつもりですか」

「なんでもないわ。ただ、他のところにしまい直そうと思っていただけよ」

苦笑いを浮かべ、別の引き出しを開ける。するとミシェルが私の手を握った。

「そのお金で、辻馬車を拾うおつもりでは？」

「え……」

「申し訳ございません。私、マルグリットお嬢様が手紙をご覧になっている時、後ろから覗いて見てしまいました。ルネ様が誘拐された……と」

「ミシェル……」

「ルネ様はお昼寝をしていて、その後にいなくなっていますから、犯人がこの屋敷に入り込んでいたのは間違いないでしょう。今も仲間がどこかに潜んでいるかもしれません」

「……っ……早くルネを助けなくちゃ……私、行くわ……ミシェル、このことは内緒にして。誰にも言わないで」

「了承できません。マルグリットお嬢様、ラウル王子に助けを求めましょう」

「駄目よ！　屋敷には犯人の仲間がいるかもしれないのよ。私がラウルに連絡を取ったら、すぐにわかってしまう……ルネが殺されてしまうわ！」

「誰にも知られず、ラウル王子に連絡を取ってみせます」

本当はラウルに連絡を取りたい。助けてほしい。

でも、私の判断で、行動一つにルネの命がかかっている。

「駄目よ。やめて……私が行くわ」

「おやめください！　犯人の言う通りにしたところで、ルネ様を助けてもらえるとは思えません」

確かにその通りだ。でも――。

「ミシェル、命令よ。このことは誰にも言わないで。いいわね？」

「マルグリットお嬢様……！」

私はミシェルの制止を振り切り、外へ出た。

「お待ちください！　マルグリットお嬢様！　マルグリットお嬢様……っ！」

この屋敷で生まれ育った私は、ミシェルよりも屋敷の構造に詳しい。彼女を巻いて、外に出たその時だった。

「マルグリットお嬢様、そんなに急がれてどうなさいました？」

声をかけて来たのは、マリアだった。

「マリア！」

「マルグリットお嬢様、どちらにいらっしゃいますか⁉」

すると後ろからミシェルの声が近付いてくる。

「あ……っ」

どうしよう。どこかに隠れないと……。

「あいつから、隠れたいんですか？」

「え、ええ、ちょっと事情があって……」

「お任せください。こちらですよ。狭いですが、我慢してくださいね。私が誤魔化しておきますから、ほとぼりが冷めたら外に出てくださいね」

「マリア、ありがとう」

マリアは私の手を引っ張り、庭の手入れをする用具をしまっておく物置に入らせた。隙間から外を覗くと、ミシェルが慌てて走って来た。

「なぁに？　騒がしいわね」

「マリア、マルグリットお嬢様を見なかった？」

「見ていないわよ。まあ、見かけたとしても、あんたには教えてあげないけど」

「なんですって……!?　……っ……もう、またこんなところで怠《なま》けているの？　いつもいつも怠けて……たまには真面目に働いたらどうなの!?」

え？　怠ける？　あのマリアが？

何かの間違いじゃないかしら。昔、私の専属侍女をしてくれていた時は、昼夜問わず、いつも私の面倒をみてくれていた。

マリアはとても真面目な女性だ。何か誤解が生じているに違いない。

「うるさいわよ！　後から来ておいて偉そうに！　この泥棒猫！」

「あなたと喧嘩している暇なんてないのよ。じゃあね！」

「なんですって!?　待ちなさいよ！」

「ちょっと、付いてこないでよっ！」

マリアに追いかけられ、ミシェルが走って去っていく。

今だわ……！

私は物置小屋から飛び出し、無事に屋敷を抜け出すことに成功した。

待っていて、ルネ……！

◆◇◆

「ここね……」

辻馬車を拾って、ようやく指定された小屋までたどり着いた。

木で作られた簡素な小屋だ。壁にも屋根にも、ところどころ穴が開いている。

猟師が使う休憩小屋……というところかしら。こんな所にルネが？

心臓がドクンドクンと嫌な音を立てて脈打っている。

意を決して扉をノックすると「入れ」という男の声が聞こえた。

恐る恐る扉を開けると、屈強な男性が一人と、縛られて転がされているルネの姿が視界に飛び込んでくる。

「ルネ……！　ルネ、しっかりして！」

ルネを抱き起こすと、真っ青な顔をしていた。瞼はピクピク動いているけれど、目を開けられない。

本当に毒を飲まされているんだわ……。

「約束通り、一人で来たわ！　早く解毒薬をちょうだい！　早く！」

ルネをおろして男に食って掛かると、突き飛ばされて転んでしまう。

「……っ」

「馬鹿な女だ。そんな約束、守るわけがないだろ！」

腕を掴まれ、後ろにひねられた。

「痛っ……嫌……離して……っ！」

後ろ手と足を縛られ、身動きできない状態にさせられた。

「……っ……あなたは何の目的があって、こんなことをするの？」

貴族を狙っての身代金目的の無差別的犯行？　でも、それなら誘拐だけでいいはずで、わざわざ毒なんて飲ませる？　だとしたら、王族に対して不満や恨みがあってのこと？

「さあな、俺はただ金が欲しいだけだ」

「誰かに頼まれて？」

「話す義理はねぇな。いいからお前は、あのお方が来るまで大人しくしていろ」

あの方……誰かにお金で雇われているのね。

「交渉しましょう」

「は？」

「あのお方とやらに、いくらで雇われているの？」

「お前には関係ない。黙っていろ」

「私ならその金額の倍は出すわ。だから、私と息子を助けて。今ならあなたのしたことも罪には問わないと約束する」

「な、何……？」

私にはこの男を倒す腕力も武器もない。あるものと言えば、ガルシア公爵家の財産だけよ！　お願いだから、どうかこの誘いに乗って！　でなければ、私たちに未来はないわ。

「いや……でも、しかし……うぅ……っ……金じゃねぇ！　金だけの問題じゃないんだ！」

「えっ」

お金じゃないの!?　お金って言ったじゃない！

「この作戦を成功させれば、俺は金を手に入れることができるし、あのお方の身体を好きにすることができるんだ……ずっと恋焦がれて来たあのお方の身体を！　そこで俺の身体をお気に召してくれたら、心までも俺のものにできるかもしれない……」

男はペロリと舌なめずりをする。

好きな人に頼まれて、ルネを誘拐して私を誘《おび》き寄《よ》せて捕まえたってこと？

でも、一瞬、お金に反応したのは見逃さないわよ。まだ、交渉の余地はあるかもしれない。

「倍の金額じゃお気に召さなかった？　じゃあ、もっと出すわ。好きな金額を言ってちょうだい」

「な……っ……好きな金額……？」

「ええ、あなたの望む金額を出すわ。だから、お願い。助けて」

男が悩むのがわかった。

もう少し押せばいける……！　と思った時、扉が開いた。

入って来たのは、マリアとルイーズ様だった。

どうしてこの二人が一緒に居るの？

「ルイーズ様！　言われたとおりに、この女とガキを捕まえました！　ガキにはお渡しいただいた毒を飲ませてあります！」

「ご苦労様、よくやったわ」

嘘……ルイーズ様が、黒幕だったの？　マリアも一緒にいるってことは、マリアも仲間？　でも、どうして……。

「マリア、あんたよりもずっとこの男の方が使えるじゃない」

「酷いですっ！　マルグリットをここへ連れて来たのは、私ですよ？」

「たったそれだけじゃない。何年もマルグリットの傍に居たのに、全然殺せないんだもの。本当に役立たずだわ」

「……っ……それでも、私は頑張りました。今回のお金もちゃんと払ってくださいね」

「わかっているわよ」

殺せない？　マリアが私を殺そうとしたってこと？

「ルイーズ様、マリア……どういうことなの？」

ルイーズ様は赤い唇を吊り上げ、クスッと笑う。

「そうね。これがあんたの最期になるから、ネタ晴らしをしてあげる。私はね、あんたが邪魔なの。だから、殺そうとしていたのよ。マリアは元々私の使用人なの。ガルシア公爵家に潜り込ませて、あんたを殺すように動かしていたってわけ」

そんな……。

頭が真っ白で、付いていけない。

「でも、私、マリアに殺されそうになったことなんてないわ……」

ルイーズ様とマリアは顔を見合わせ、大きな声で笑った。

「あははっ！　もう、この子、お馬鹿すぎるでしょ！」

「本当に……！　毒で頭までやられちゃったんじゃないですかぁ？」

「毒……？」

ルイーズ様は眦《まなじり》に浮かんだ涙を指先で拭うと、私の前に立った。

「ある日を境に、急に体調が悪くなったでしょう？　頭が悪いようだけど、それくらいは覚えているでしょう？」

十歳になった年から急に体調を崩すようになって、ベッドから起き上がれないようになった。十歳になった歳――それはマリアが来てからだ。

「………っ！」

マリアが私に、毒を盛っていた……!?

「やっと気付いたみたいね。一気に毒を飲ませて死なせたらバレてしまうかもしれないから、少しずつ盛っていたのよ。おかげで周りには毒だって気付かれていなかったでしょう？」

そういえば、仮面舞踏会の日、マリアは一週間休暇を取っていた。体調が悪くなかったのは、毒を盛られていなかったから？

領地に行ってから体調がよくなったのは、毒を盛られなくなったから？　私が領地に引っ越してから、マリアがすぐに屋敷を辞めたのも、私がいなくなって都合がよくなったから？

そういうことだったのね……。

私を献身的に看病しているふりをして、毒を飲ませていたんだわ。思い返せば、マリアから何か食べさせてもらったり、飲ませてもらった後、具合が悪くなっていた気がする。

どうして今まで気付かなかったの……⁉

ルネへの仕打ち、そして今までの苦しみを思い出し、私は怒りで身体を震わせた。どんなに力を入れても、手足に結ばれている縄は解けない。

この縄がなければ、殴りかかっていたことだろう。

「あんたの子をここに連れてくる手筈《てはず》を整えたのもマリアよ」

「どうしてこんな酷いことをするの⁉」

「だって、あんたって邪魔なんだもの。あのまま大人しくガルシア公爵領で過ごしていれば、命だけは助けてあげたのに馬鹿ね」

「邪魔って……」

「はあ……こんな面倒な手段を取らないといけないなんて、本当に最悪……！　どうせ転生するなら、ヒロインに転生したかったのに、なんでこの私が悪役令嬢に転生しないといけないわけ？」

「え……」

転生？　悪役令嬢？　それって、ルイーズ様も私と同じ、何らかの形で命を失って、小説の中に転生したってこと⁉

「あなたも、転生者なの……？」

恐る恐る問いかけると、ルイーズ様が目を見開いた。

「ってことは、あんたも転生者？　それでその身体に生まれ変わったってわけ？　不公平にもほどがあるわ！　こっちは悪役令嬢よ⁉　ヒロインを輝かせるための引き立て役！　ヒロインに度の超えた意地悪をして断罪されて、国外追放になる哀れなキャラクター！　おかしいじゃない！　どんな汚い手を使ったのよ！」

「わ、わからないわ。私はこの本の最初しか読んでいない状態で死んでしまって、転生したから……」

「は……っ！　それなのにヒロインに生まれ変わるって、何それ。こんな理不尽なことがある？　私はこの本の同人誌まで作ってるぐらい読み込んだっていうのに……！」

私たちの会話がわからないマリアと男は、不思議そうにこちらを見ている。

「ルイーズ様、転生者って……」

「あんたは黙ってなさいよ！　この役立たず！」

マリアは悔しそうに唇を噛み、顔を背けた。

「なるほどね、納得したわ。小説の内容と今の流れが違うのは、私が動いているからかと思っていたけれど、あんたが掻《か》き乱《みだ》してたってわけ。私の推しはね、ラウル王子だったの。でも、彼と結ばれるのは、ヒロイン……あんたが邪魔なの。あんたが消えれば、私がヒロインになって、ラウル王子と結ばれるかもしれない。だって、今だって小説の流れと違うんだもの。私がヒロインになれるかもしれないわ！」

「……っ……でも、ルネは関係ないでしょう！　私はどうなってもいいから、ルネだけは助けて！」

なんとしてでも、ルネだけは助けなくちゃ……！　どうしてマリアを疑わなかったのかしら。どうして気付けなかったの？

「あら、駄目よ。ラウル王子の子なんだから、始末しておかないと。私が彼の子供を産んだ時、王位につけないかもしれないもの」

「ルネは彼の子供じゃないわ！　だから、ルネだけは……っ」

「ふぅん？　……ちょっと、あんた」

「はいっ！　ルイーズ様！」

ルイーズ様に顎を使って呼ばれた男は、嬉しそうに彼女に近付いた。先ほどの発言からも伝わってきたけれど、彼女に惚《ほ》れているようだ。

「剣を貸しなさい」

「はい！」

男は腰に差していた剣を外し、ルイーズ様に差し出した。

「ふふ」

ルイーズ様は意味深に笑うと、剣を引き抜いて私の首元に近付ける。

「……っ……ルイーズ様……何を……」

「あんたが死んでくれるって言うなら、その子どもだけは助けてあげてもいいわ。解毒薬もほら、ここにあるわよ」

彼女は胸の谷間の間から小瓶を取り出し、私の目の前で左右に振った。チャプチャプと液体の入っている音が聞こえる。

「大人だと毒を飲ませてから一日持つか持たないか……だけど、子どもの身体だとどれくらい持つのかしらね。もしかしたら、もう危なかったりして」

「……っ……酷い……」

「酷いのはあんたでしょ！　あんたがマルグリットの身体に入らなければ、私がその身体の中に入れたかもしれないのに！　さあ、死んで子どもを助けるか、死なずに子どもを見殺しにするか、どっちにするか選びなさいよ！」

本当にルイーズ様が、ルネを助けてくれるかはわからない。でも、今ルネを助ける方法は、これにかけるしかない。

「わかったわ。私はどうなったっていいから、ルネを助けて……！」

「うふふ、さすが母親ね」

ルイーズ様が剣を振り上げた。

「ルイーズお嬢様、お待ちください！」

男が慌てて止めに入った。

え、助かる……？

「ルイーズ様のお手が、返り血で汚れてしまいます。俺がやりますから」

助かるかと思ったのに違った。

どうしたらいいの……どうしたら……！

「あら、いいのよ。私、一度人を殺してみたいと思っていたし」

狂気に満ちた目を向けられ、ゾッとする。

「さあ、覚悟なさい。マルグリット」

再び剣を振り上げられ、覚悟したその時――扉が大きな音を立てて開いた……というより、外れた。

勢いよく入って来たのは、ラウルだった。

「ラウル……！」

助けに来てくれたの……!?　でも、どうして……もしかして、ミシェルが助けを呼んでくれたの!?

「そこまでだ！　ルイーズ・モレ」

「な……っ……ラウル王子が、どうしてここに……」

ラウルを先頭に、従者のジョセフ様、そして数名の騎士が入ってきた。ラウルはルイーズ様の手首をひねりあげた。彼女は「きゃあ！」と悲鳴をあげ、痛みで剣を落とす。

「全員、捕らえろ」

「は！」

ジョセフ様がルイーズ様を床に押し付け、後ろ手を縛る。

「大人しくしろ。手荒な真似《まね》はしたくない」

「痛いっ！　離しなさいよ！　あんたたちなんて、小説の中の登場人物のくせに……っ……私に触れるなんて百年早いのよ！　離せ！」

ルイーズ様がわめくのを聞いて、ジョセフ様が首を傾《かし》げる。

「何を言っているんだ？　……もしかしたら、薬物をやっているのかもしれないな。そちらも調べた方がよさそうだ」

「なんですってぇ!?　人を薬物中毒みたいに言うな！　このモブが！　モブが私に触るな！　私はヒロインになるんだからぁぁぁ！」

「やはり薬物中毒が濃厚だな。大人しくしろ。女性に手荒い真似はしたくない」

「ふざけんな！　くそ……っ！　なんで私がルイーズなんだよ！　こんなの間違ってんだろ！　くそ……っ……くそおぉぉぉっ！」

ルイーズ様がひたすら叫ぶ中、他の騎士が男とマリアを捕らえた。

「違う！　私はルイーズ様に脅されていただけ！　私は悪くないわ！　マルグリットお嬢様、お許しください！　私、本当はマルグリットお嬢様のことが大好きだったんです！　だから、ね？　許して……っ」

マリアが必死に許しを請うけれど、「そうだったのね」なんて許すほど、私はお人好《ひとよ》しじゃない。

「ルネ！　マルグリット！　大丈夫⁉　怪我《けが》は⁉」

ラウルは私の手と足の拘束を解いてくれた。

「私は大丈夫です。でも、ルネが……ルネが本当に毒を飲まされているみたいで……」

「ルネ……！」

ラウルはすぐにルネを抱き上げた。顔色がさっきよりも悪くなっている。するとルネがぼんやり目を開けた。

「おとう……さま……おかあ……さま……」

「もう、大丈夫だ。馬車に医師を待機させている。すぐに診てもらおう」

「はい……っ！」

ラウルと共に馬車へ向かって走った。

「マルグリットお嬢様……っ！　ご無事でよかった……！」

馬車の前には、ミシェルが立って待っていた。三人で馬車に乗り込み、待機していたお医者様にルネを託す。

本格的な治療は王城の診察室で行うことになるけれど、城までの道、馬車の中で適切な応急処置をしてもらえた。

「先生、一応、解毒薬と言っていたものがあるのですが……」

ルイーズ様が捕まった時に落としたのを拾って持ってきていた。

でも、これは本当に解毒薬なのかしら……。

「本当に解毒薬なのか不安ですね……王城にあるものを使いましょう。たいていの解毒薬は揃っていますから」

「はい、お願いします……」

神様、どうかルネを助けてください……！

ルネの小さな手を握って祈っていると、ラウルがその手に自身の手を重ねた。とても温かい。

「マルグリット、きっと大丈夫だ。ルネを信じよう」

「はい……」

ミシェルの方を向くと、彼女も手を組んで祈ってくれていた。

「ミシェル……」

「はい、マルグリットお嬢様……」

「ミシェル、あなたがラウルに伝えてくれたのね……あなたのことを信じずに飛び出してしまってごめんなさい。あなたが居てくれなかったら、私もルネも今頃きっと死んでいたわ」

「いいえ、とんでもございません……私が素性を明かしていなかったのですから、信じられなくて当たり前です。私がマルグリットお嬢様のお立場でしたら、お嬢様と同じ行動を取っていたと思います」

「素性？」

ミシェルはハッと口元を押さえ、俯《うつむ》いた。

「ミシェル、いや、アンヌ……大丈夫だ。もう、マルグリットに話すよ」

「え？　アンヌ？」

どういうことなの？

「ルネが元気になってから、改めて話そう」

「はい……」

気になったけれど、今すぐ話してほしいと言う気にはなれなかった。今はルネのことで頭がいっぱいだった。

第五章　息子の証

ルネが誘拐されてから、二週間が経った。

「おかあさまー！　こっちにきてーっ！　ぼくね、ボールじょうずにけれるんだよっ！　えいっ！」

ルネが得意気な顔でボールを蹴って見せてくれる。

「本当ね。ルネったら、いつの間にこんな上手に蹴れるようになったの？」

「えへへ、おとうさまがおしえてくれたんだ。ほら、すごいでしょっ！」

「ええ、すごいわ。でも、もう少しでパーティーが始まるし、そろそろお部屋に戻りましょうか」

「うんっ！　ぼくのパーティーだね」

「そうよ。あなたが元気になったお祝いのパーティーよ。みんながお祝いしてくれるわ。楽しみね」

「すっっっっごくたのしみ！　おとうさまも、きてくれるんだよね？」

「ええ、もうすぐ到着するわ。今日はお泊りになるって仰っていたから、一緒にお風呂に入って、寝る時は絵本を読んでくれるようにお願いしたらいいわ」

「やったぁ！　はやく、あいたいな。おとうさま……」

あれからルネは王城で治療を受け、すっかり元気になった。前と変わらず、ガルシア公爵邸の庭で走り回っている。

ルネが飲んだ毒の量は、そんなに多くなかったらしい。というか、そこそこの量を飲まされたが、本人が不味くて吐き出したそうだ。

吐き出していなかったら危ない状態だったとお医者様から言われ、青ざめた。

ルネを誘拐する手筈を整えたのは、やはりマリアだった。眠っているルネを起こさないように運び、あの男に渡したらしい。

マリアがルイーズ様に加担していたのは、お金のためだった。

所謂、貢ぎ体質のようで、付き合う男性たちにお金を渡して、愛情を得ていたらしい。ちなみにこの数年でかなりの数の男性と付き合ったり、別れたりを繰り返しているそうだ。

屋敷に帰って来た時についていた傷は、前に働いていた主人に付けられたなんて嘘で、付き合っていた男性に殴られた跡だった。

マリアの正体を知らなかった時は、とても良く働いてくれる素晴らしい侍女だと思っていたが、聞いてみると使用人たちの評判は悪かった。

彼女はすぐに怠け、周りから何度も指摘されても耳を傾けることはなかった。それでも私のお世話は積極的にしていたから、見逃されていたそうだ。

まさか、せっせと毒を盛っていたなんて思わないわよね。

真実を知った我が家の使用人たちは、卒倒しそうになっていた。

そしてルネを連れ去って監禁していた屈強な男性は、モレ侯爵邸で仕えていたガーデナーだった。

元々素行が悪かったが、ここ数年は真面目に働いていた。理由はルイーズ様に憧れていたから。

彼女が見る庭を綺麗にしたいという一心で頑張っていたけれど、そこを彼女に付けこまれた。

ルネを誘拐し、私を捕まえることができたら、抱かせてあげる——とそそのかされたそうだ。

三人とも城の地下牢に捕らえられている。

王族を誘拐し、毒殺しようとした罪、そしてラウルの婚約者である私を監禁した罪で、処刑されることが決まった。

まさか、ルイーズ様も転生者だったとは思わなかったわ……。

一歩間違えればルイーズ様がマルグリットになっていて、私がルイーズ様になっていたかもしれない。

想像するだけで、ゾッとしてしまう。

そしてミシェルは、なんとラウルが送り込んだ侍女だった。

本名はアンヌで、ラウルの信頼できる部下の妹だそうだ。

ガルシア公爵領で面会謝絶状態にある私が出歩いているのを目撃した者がいたそうで、居ても立ってもいられなくなり、情報を得たいからと彼女を送り込んでいた。

私が健康であること、そしてルネを生み育てていることを知り、求婚しにきてくれた――という流れだったらしい。

だからミシェル……いえ、アンヌは、誰にも知られず、ラウル王子に連絡を取ってみせると言ったのだ。

アンヌは騙《だま》していて申し訳なかったと涙ながらに謝ってくれたけれど、彼女のおかげでラウルと結ばれることができたし、彼女が支えてくれたおかげで、私もルネもとても楽しい日々を送ることができたので、むしろお礼を言いたいぐらいだと伝えたら、ますます泣かせてしまった。

できればこれからも専属侍女でいてほしいこと、そしてラウルの元へ嫁いでからも仕えてほしいと駄目元でお願いしたら、なんと了承してくれた。すごく嬉しい。

ちなみにラウルとアンヌは、マリアが怪しいことに気が付いていた。

マリアが再度屋敷に現れなければ、何も思わなかったかもしれない。でも、彼女が再度私に近付いてきたことで調べてみたところ、怪しい点が見えてきた。

マリアが働き出した頃から私が体調を崩すようになり、彼女と離れるようになってから元気になったことが引っ掛かり、さらに調べたそうだ。

彼女は複数の男性と短期間の間に付き合い、別れ、そして普通の侍女の給料ではありえないほどの金額を男に貢いでいた。

これは何かしている。誰かに雇われ、私を殺そうと毒を盛っているかもしれない……と、私に近付けないようにしてくれていたのだ。

ラウルにもそれとなくマリアと距離を取るように言われていた意味が、ようやくわかった。

「おとうさま、あいたいな。はやくあいたいな」

パーティーを楽しみにしているルネだったけれど、何よりもラウルに会えることを楽しみにしているようだった。

そういえば、母親に新しい父親ができることをよく思わなくて、馴染《なじ》めないって話をよく聞くけれど、ルネは最初から懐いていた。

「ルネ、お父様のこと好き?」

「うんっ！　だいすきっ！　ぼくのおとうさまだもんっ！　なでなでしてもらえると、あったかいきもちになるんだぁ」

本能的に、血が繋がっている父親っていうことがわかるのかしら。

「ルネ」

そろそろ屋敷に入ろうと思っていたら、ラウルが到着した。

「おとうさまっ！」

ラウルは走って来たルネをしっかり受け止め、高く抱き上げる。

「元気そうだね」

「うんっ！　げんきだよ」

「よかった」

ラウルに頭を撫でられ、ルネは嬉しそうに笑う。

この後、行われたパーティーは大成功をおさめ、ルネにとっても、私にとっても素敵な思い出になったのだった。

◆◇◆

ラウルと一緒にルネを寝かしつけた後、二人で私の部屋に移動した。アンヌがお茶とお菓子を運んできてくれた。

ソファに座って、ゆっくりとお茶を楽しむ。なんて贅沢《ぜいたく》な時間だろう。

「ルネ、絵本の一ページ目で眠っちゃったね」

「ふふ、今日はとてもはしゃいでいたから、疲れたんでしょうね」

あの時、ルネと共に殺されていたら、こんな幸せな時間を過ごせなかったのね。

「マルグリット？」

「あ、いえ、この前のことを……ルネが誘拐された時のことを思い出して。あの時は、本当にごめんなさい。軽率な行動を取ってしまって……もっとしっかり考えて行動すべきでした」

「自分の息子が誘拐された上に、毒を飲まされていたんだから、冷静に判断できる方が稀《まれ》だよ。俺も国王になるために、どんなことがあっても動揺しない訓練をさせられてきたけど、冷静になれなかった。馬を走らせて飛び出そうとしたところを、ジョセフが止めてくれたんだ。医師を連れて行った方がいいと言ったのも、彼の助言があってこそだよ」

ラウルも、私と同じく動揺してくれたのね……。

「あなたは、ルネを本当の息子のように思ってくれるんですね」

「だって、本当の息子だからね」

「ええ、そうなんですけど、血の繋がりを証明する手立てがない中、信じてくださるのが嬉しくて」

「当たり前だよ」

当たり前だと思ってくれるのが嬉しい。

「でも、周りの方々は疑ってもおかしくないと思うんです。それなのに私は、未だに一度も言われたことがありません」

公爵令嬢で、王子の婚約者だから、表立って言えないだけ？　でも陰で言われていたとしたら、それはそれで耳に入って来るはずだけど、今のところはない。

「……あれ？　マルグリットは、知らないの？」

「え？」

「王族の血を引く子は、身体のどこかに星型の痣《あざ》があるんだ」

「……えっ⁉　そうなんですか⁉」

そういえば、ルネの右肩には星型の痣があった。珍しい形の痣だと思っていたけれど、あれが王族の証だったなんて――。

「どうしてルネの方にあの痣があると……あっ！　お風呂……」

「そう、最初の段階で一緒にお風呂に入ったからね。その時に見つけたよ。俺のも見せたら、お揃いだって喜んでいたよ」

「驚きました……確かに珍しい形だと思っていたんです」

「うん、この国を作った神が、この国を守る血筋の者に与えた……って言い伝えられている」

「このことは、みんな知っていることなんですか？　私がずっと寝込んでばかりいたから、知らなかったんでしょうか……」

「いや、王族しか知らないよ」

「あ……そっか、そうですよね。知っていたら、人工的に染めたりして、そういう痣を作ろうとする人が出てくるかもしれませんもんね」

「そうだね。情報が洩《も》れて、実際にそういう者もいたよ。すごくそっくりの出来だったらしい」

「え！　それはどうしたんですか？　そういう者もいたってわかっていることは、嘘だと気付いたんですよね？」

「うん、処刑されたよ」

「どうして人工的なものだってわかったんですか？」

作りが雑だった……からとか？

「実はこの痣に王笏《おうしゃく》に付いている宝石を近付けると、痣が輝くんだ。だからどんなに精巧な作りでも、欺くことはできない」

「えっ！　そうなんですか!?　すごいわ……」

「不思議だよね」

この小説、ファンタジー要素も入っていたのね。

「だからルネは、俺の子だって証明できるんだ。痣のことや、王笏で輝くことは王家の秘密だけど、王族の子を証明する方法があるっていうのは、広く知られているよ」

「あ……だから、誰かに疑われるようなことがなかったんですね」

そして私が知らなかったのは、寝込んでばかりいて、そういった情報が耳に入らなかったのね。

もっと早くに知っていれば、悩まなかったのに……！　ううん、誰かに相談していたらよかったのかしら。

「もしかしてルネを妊娠した時に、俺に言わなかったのって……」

「はい……ルネがラウルの子という証拠がないので、信じてもらえるかわからないと思ったのも理由の一つです」

「他にも理由があるの？」

あれだけ大胆に乱れたリナが、マルグリットだと思われたくなかった……とは、さすがに言えなかった。まあ、バレてたわけだけど……。

「色々考えてしまったんです。子供を身籠って、出産すると神経が過敏になってしまうので、言葉にして説明するのが難しいというか……」

誤魔化されて……！

「あ……そうか、そうだね。人間を生み出す大変な偉業を達成するんだ。身体や心に大きな負担がかかって当然だ。それなのに俺は、そんなキミを一人にして……悔やんでも悔やみきれないよ」

「いえ、それに関しては私が逃げたので仕方ないんです」

「でも……」

「お気になさらないでください。ね？」

「マルグリットは、優しいね……」

ラウルが肩を落とし、俯いてしまった。

か、悲しませてしまったわ。どうしよう……。

ラウルが元気になりそうなことを考えるけれど、なかなか思いつかない。苦肉の策で、ラウルの頬にキスをした。

「マルグリット？」

「あの……ルネの時は、一緒にいられませんでしたけど、もしもう一人できることがあったら、今度は傍にいてください……ね？」

二人目を要求しているみたいで、積極的に聞こえてしまうかしら？　抱いてほしいって言っているみたいに感じる？

ううん、そんなことないわよね？　だって、身体を重ね合っている以上、できる可能性もあるわけで……。

自分で言っておきながら恥ずかしくて居たたまれなくなっていると、ラウルが唇にキスしてきた。

「ん……っ……ん……」

とろけるようなキスをされて、座っていられなくなりそうになる。

「絶対傍にいる。離れない」

ラウルは私の目を真っ直ぐに見つめ、真剣な顔で言ってくれた。

「ふふ、約束ですよ」

「ああ、約束だ」

再び唇を重ねられ、私たちは唇を吸い合い、舌を絡めた。ラウルの手が動き出し、私のドレスを脱がせていく。

「あ……ラウル……ソファで……なの？」

「うん、ベッドまで待てない」

「ふふ、ベッドまでそんなに距離ないのに……あっ」

大きな手で胸を包み込まれ、淫らに形を変えられると……私もベッドまでなんて待てない。今すぐここで愛してほしくなってしまう。

ラウルは私を生まれたままの姿にすると、自身のジャケットを脱ぎ、クラヴァットを解いた。

「あ……そういえば、ラウルの痣は、どこにあるんですか？」

「ん？　俺のは………あっ」

「え？」

何？　今の「あっ」っていうのは……。

「俺の痣がどこにあるか、気になる？」

「はい、気になります」

あれ？　ラウルがなんだか意地悪な顔……というか、イタズラを思いついたルネみたいな顔をしているわ。

「じゃあ、探してほしいな」

「ん？　探してって……」

「脱がせて、どこにあるか見つけてみて」

「え……っ⁉　な、何言って……」

「さあ、どうぞ」

「ほ、本当に……？」

「うん、脱がせて」

一体、どこにあるのかしら……上半身ならまだいいけど、下半身にあったら、どうしたらいいの？

彼の下半身をまさぐる自分を想像したら、顔が燃え上がりそうなほど熱くなった。

恥ずかしいけれど、痣がどこにあるか気になる。自分で見つけないと、ラウルは一生教えてくれなさそうだし……。

私は意を決して、ラウルのシャツのボタンに手をかけた。

私がボタンを外していく姿を、ラウルは楽しそうに見つめている。

「あ、あの、目を瞑ってくれませんか？」

「どうして？」

「恥ずかしくて……」

服を着ているのならまだしも、裸でラウルの服を脱がす……って、なんだかもうすごく淫らに感じて、ものすごく恥ずかしい。

「うーん、それはいくらマルグリットのお願いでも、聞いてあげられないかな」

「ええっ！　ど、どうしてですか？」

「ふふ、恥ずかしがりながら、俺を脱がせるマルグリットが見たいから」

「な、なんですか、それは……っ」

「あと、ボタンを外すたびに、大きな胸がプルンプルン揺れて、最高の眺めなんだ」

「……っ……⁉　み、見ては嫌です……！」

両手で胸を隠すと、ラウルが意地悪な顔でクスクス笑う。

「マルグリットの小さな手じゃ、その大きな胸は隠せないよ？　俺の手でも食《は》み出しちゃうくらいなのに」

ラウルは私の胸に手を伸ばし、両手でふにゅふにゅ揉んでくる。

「ぁ……っ……んんっ……」

「ほら、ね？　あちこちから食み出ちゃうんだよ」

指と指の間からは胸の先端が覗いていて、触れてほしいと主張するように、根元からツンと尖っていて恥ずかしい。

「も……っ……だ、駄目です……触られたら……んっ……脱がせられな……っ……んんっ」

「ふふ、邪魔してごめんね。大人しくしているから」

長い指が胸から離れていくその時、尖りを少しだけ撫でられた。

「ぁんっ！」

大きな声が出てしまって恥ずかしい。

「ああ、可愛い乳首に少しだけ指が触れてしまったよ。ごめんね？」

「～～……っ」

ぜ、絶対に、わざとだわ……！

少し触れられたら、弄ってほしくて堪らなくなってしまう。秘部は今すぐにでもラウルを受け入れられそうなぐらい、潤んでいた。

ボタンを外すことに成功し、シャツを脱がせると……。

「あっ」

ルネと同じ右肩に、痣を発見することができた。

「ルネと同じ場所に……」

「残念、もう見つけてしまったんだね」

「残念って……」

「もう少し、恥ずかしがるマルグリットを見ていたかったなぁ……なんて」

「もう、ラウル……っ！　あっ」

ラウルは私を膝の上に乗せると、首筋から鎖骨、そして胸にキスをしていく。

「ん……っ……みんな、右肩に……んっ……痣があるんですか？」

「いや、同じ場所に現れるのは、聞いたことがないよ。運命を感じちゃうな……」

「ふふ、そうですね……あっ」

私の両方の胸を寄せたラウルは、両方の尖りを舐めてくる。同時に甘い快感を与えられ、私はブルリと震えた。

「ぁんっ……ま、また……そうやって……んっ……両方、舐めて……」

「俺は欲張りだからね。一度に両方を舐めたいんだ。マルグリットは、嫌？」

チュッと吸われ、私は首を左右に振った。

「んんっ……い、嫌なんかじゃ……ない……です……ぁっ……んんっ……」

「ふふ、よかった。腕がもう一本あれば、マルグリットの可愛いところも、気持ちよくしてあげられ

るのにな……」

ラウルの言っている「可愛いところ」は、きっと私の濡れているところなのだろう。同時に触れられる想像をしただけで、新たな蜜が溢れてくるのを感じる。

「あ、そうだ。マルグリット、いいことを考えたよ」

「え、いい……こと、ですか？」

「マルグリットが、こうして胸を寄せて」

「私がっ⁉」

「そうすれば俺は両手が使えて、マルグリットをさらに気持ちよくさせることができる」

「そ、そんな……」

自分から胸を寄せて舐めてもらうなんて、気持ちよくなりたい気が満々！　という感じで、ものすごく恥ずかしい。

狼狽《ろうばい》していると、ラウルが私の手を掴んだ。

「きゃっ！　ラ、ラウル……」

「じゃあ、こうして……」

「あっ」

ラウルは私の手を掴むと、胸を寄せた。彼は私の手から自分の手を離すと、私の様子をじっくりと眺め出す。

「ラ、ラウル……？」

「自分の胸を自分で寄せるマルグリット……すごく色っぽくて、綺麗だ」

「もう……ラウル……！」

恥ずかしさの限界を迎えた私は、抗議するようにラウルの名前を呼んだ。

「ふふ、ごめんね。これで手が使えるようになったから、マルグリットをたくさん気持ちよくできるよ。さあ、気持ちよくさせて」

「ぁ……っ……」

ラウルは私の両方の尖りを舐めながら、割れ目の間を長い指で可愛がり始めた。指が動くたびにくちゅくちゅ淫らな水音が響いて、甘美な快感がそこから全身に広がっていく。

「ぁんっ……ぁっ……ぁっ……んんっ……」

「すごく濡れているね。指がほら……あっという間に呑み込まれてしまうぐらいだ」

長い指がヌププと音を立てて、私の中に入ってくる。

「ふぁ……っ……ぁっ……」

一本入ってきて、またもう一本侵入してきた。

二本の指が私の中を刺激し、奥から新たな蜜がどんどん溢《あふ》れ出してくる。指に掻き出された蜜が、ラウルのボトムスに落ちて滲みを作った。

「んん……ぁっ……はぅ……っ……んんっ……」

気持ちよくて身体をよじらせると、硬い何かが当たった。

あ、これって……。

ラウルの欲望が硬くなっていることに気付き、お腹の奥がさらに熱くなる。

私の身体に触れて、興奮してくれているのね……。

ゾクゾクして、頭の奥が痺れるみたいだ。

中を指で刺激され、手の平で敏感な粒を転がされ、両方の胸の先端を舌と唇で可愛がられた私は、あっという間に快感の頂点へ昇りつめた。

胸から手を離してラウルにもたれかかると、彼はボトムスから大きくなった欲望を取り出す。

「マルグリット、入ってもいい?」

もちろん頷くと、ラウルが私のお尻を持ち上げた。大きな欲望を膣口に宛がうと、彼はゆっくりと支えていた手から力を抜いていく。

体重がかかって、大きな欲望はあっという間に私の中に収まった。

「ん……ぁ……っ……」

大きな欲望で広げられ、奥に当たると気持ちよくて堪らない。

私の中はラウルの来訪に喜ぶように、彼の欲望をギュウギュウに締め付けた。

「マルグリット……締め付けすぎだよ？」

「ご、めんなさ……でも、自分では……どうしようも……できなくて……」

他の人は、自分で調節できるものなのだろうか。自分の身体なのに、ちっとも制御できない。

「ふふ、そうなんだね……可愛い……」

ラウルは私の中を広げるように、腰を使って欲望で掻《か》き回してくる。

「ぁんっ！　あっ……あっ……」

奥をグリグリ刺激され、私の中はますます収縮し始めた。

「ん……っ……緩めるつもりが、逆効果だったね……？」

「ぁ……っ……ぁっ……ごめんなさ……っ」

「謝ることはないよ。締め付けられると、すごく気持ちいいんだ……でも、出るのがちょっとだけ早くなるかも……」

ラウルは苦笑いを浮かべ、私の中を突き上げて来た。

「ぁんっ！　ぁっ……ぁっ……んんっ……ぁんっ……は……ぅ……っ……んんっ……ぁんっ……」

気持ちよくて、腰も、ラウルのが当たっている奥も、頭も甘く痺れる。

「中で……出さないように、気を付けないといけないね……この体勢だと……くっ……すぐには抜けない……から……」

中で出さないように？　あ……子供ができないように気を付けてくれているのね。

でも、私たちはもうすぐ結婚する。貴族令嬢が未婚で子を孕《はら》むことは以《もっ》ての外《ほか》だと言われているけれど、すでに私たちにはルネがいる。

今さら……じゃないかしら。

子供ができたら、ラウルの子だという証明もできるわけだし、特に問題はないような気がしているのは、私の頭がぼんやりしているから？

「ん……っ……ん……っ……ラウル……」

「ん？　どうしたの？」

ラウルは私の唇に軽くキスをし、にっこりと微笑んでくる。

「ラウル……は……二人目……んっ……欲しく……んっ……ない……ですか？」

「えっ」

先ほどは、もう一人できることがあれば、傍に居てほしいとお願いした。でも、それは可能性の話であって、欲しいかどうかを聞いたわけではない。

ラウルの気持ちが知りたい――。

「ぁ……っ……んんっ……どう……なんですか？　んっ……んんっ……」

私は必死に喘ぐのを押さえ、ラウルに尋ねた。

「ものすごく欲しい……でも、出産は女性の身体に負担がかかるというし、マルグリットの身体が心配だから、大丈夫であれば……の話だけれど」

欲しいと思ってくれているのね……。

同じ気持ちでいてくれていることが嬉しくて、私はラウルに抱きついた。

「私もです……それに、身体は大丈夫だと思います……んっ……私……元は……んっ……とても……健康ですから……」

思い返せば、マリアと離れてからは風邪の一つも引いていない。ガルシア公爵領で暮らしていた時、ルネが熱を出して屋敷の皆が感染したけれど、私だけは大丈夫だった。

「じゃあ……ルネにいつか弟妹を作ってあげようか……」

「いつか……と言わずに……その……」

中で出して……なんて大胆なことを、言ってもいいのだろうか。

「ん？」

でも、言わないと伝わらないわ。

私はラウルの唇にキスをし、彼の目を真っ直ぐに見つめた。

「今日……作りませんか？」

ラウルの金色の目が丸くなり、顔を真っ赤にした私が映る。すると彼が激しく突き上げてきて、おかしくなりそうなほどの快感が襲ってきた。

「ひぁ……っ……ぁっ……激し……っ……ラウル……だめ……そんな……ぁんっ……ぁっ……あぁっ……んんんっ……や……っ」

「マルグリットが……興奮させるようなことを言うから……」

「だ、だって……んっ……ぁんっ……ぁっ……ぁっ……」

ソファがギシギシ軋《きし》み、繋《つな》ぎ目からは耳を塞ぎたくなるほどのいやらしい音が響く。声がちっとも抑えられない。外に聞こえていないか不安になるけれど、止められない。

「作ろう……マルグリット……だから、キミの中にたくさん出していい？」

耳元で囁くように尋ねられ、私は快感でぼんやりする頭を縦に動かした。

「は……ぃ……っ……んっ……だ、出して……くださ……っ……」

そう答えると、ますます激しく突き上げられた。

「ぁんっ！　だ、だめ……ラウル……ぁっ……ぁっ……これ以上、激しく……しては……や……んんっ……ぁんっ！　あぁんっ！」

「マルグリットがいけないんだよ？　そんな煽るようなことを言って、俺を興奮させるから……」

「そんな……んっ……つもりは……っ……ぁんっ……あぁっ……！」

ラウルは私を激しく突き上げ続け、何度も情熱を放った。

そして私たちが結婚式を挙げるよりも早く、ルネが王族であることが認められ、新たな王位継承者の誕生と、私たちの結婚を祝い、少し先に国を挙げてのお祭りが開かれることが決まったのだった。

第六章　愛しのマルグリット

俺、ラウル・レノアールには、想い人がいる。

「父上、何度言われようとも、俺の妻は、彼女しか考えられません」

「しかし、彼女は誰かの妻になれるような身体ではない。お前はもう適齢期だ。一国の王子として妻を娶《めと》り、子を設けなければ……」

「もう、同じ話ばかり聞き飽きました。失礼致します」

「ラウル、待ちなさい！　ラウル！」

国王陛下である父の制止を振り切り、俺は謁見室を後にした。

マルグリット、会いたい……苦しんでいるキミの手を握り、傍に付いていたい。

俺の想い人は、ガルシア公爵家の一人娘のマルグリットだ。幼い頃、父に連れられてガルシア公爵邸に行った時、初めて彼女と出会った。

「はじめまして、マルグリットです」

太陽の光のように輝く金色の髪、深い森のような色をした瞳の彼女は、まるで妖精のように美しくて、思わず見惚《みと》れてしまった。

「ラウル、挨拶はどうした」

父上に肩を叩かれ、ハッと我に返った。人に見惚れたことは、生まれて初めてだ。

「初めまして、ラウル・レノアールです」

今思うと、この時すでに俺は、彼女に心を奪われていたのかもしれない。

これ以降、俺はマルグリットと何度か会うことになる。後から聞いたところによると、彼女は元々俺の婚約者候補として考えられていたそうだ。

マルグリットはとても明るく活発な子で、一緒にいると楽しかった。彼女が笑顔だから、俺も一緒に居る時は笑顔が絶えなかった。

髪の毛の色と同じく、太陽みたいな眩しい子だ。

マルグリットに好かれたくて、いいところを見せたかった。俺といると楽しいと思ってもらいたかった。

それなのに、王家所有の森の中で迷ってしまい、マルグリットを不安にさせてしまった。彼女が泣き出しそうなところを見たのは初めてだ。

「大丈夫だよ。ここは王家所有の土地だし、すぐに誰かが見つけてくれる」

「本当ですか……?」

「本当だよ。だからそれまで遊んでいよう。あ、ほら、見て。リスがいるよ。可愛いね」

「え? あっ! 可愛いわ!」

王家所有とはいえ、あまりに広い土地だ。見つけてもらえるかどうかなんてわからない。このまま見つけてもらえずに、夜になってしまったらどうしよう。

不安でいっぱいになり、冷や汗をかいていた。でも、マルグリットを不安にさせるわけにはいかない。

幸いにも見つけてもらうことができたが、父上からマルグリットを危険に晒したことをこっぴどく怒られた。当然だ。

こんな恐ろしい目に遭わせてしまって、嫌われてしまっただろうか……そもそも森で遊ぼうと誘ったのは、俺の方からだった。

もっと気を付ければ迷うこともなく、マルグリットに怖い思いをさせることもなかったのに……。

「ラウル王子、今日は何をして遊びますか?」

次に会ったマルグリットはいつも通り太陽のような笑顔を浮かべていた。

「マルグリット、この前は怖い思いをさせてごめんね……」

「いいえ、少し怖かったけど、とっても楽しかったです」

嫌われていなかったことに安堵し、俺は好かれようと必死に自分が思う格好いい男を演じた。

「ねえ、レオ、マルグリットは俺を好きになってくれるかな？」

レオは俺が生まれる前からレノアール家にいる犬だ。数年前までは元気に庭を走り回っていたが、今年に入ってからは寝てばかりだった。

俺の問いかけに、レオは寝たまま尻尾をゆっくり動かした。世話係のジョルジュは、歳だから仕方がないと言っていた。

レオは俺の傍にいて、当たり前だと思って疑わなかったのに、レオは旅立ってしまった。

「嘘だ……レオ……目を開けて……レオ……レオ……！」

「ラウル、泣くな」

「だって、父上……レオが……！」

「悲しくても泣くなと言っているだろう。どうしても泣くというのなら、レオの亡骸《なきがら》を森に捨てるぞ」

「そんな……っ！」

「それが嫌なら、泣くな」

俺は第一王子として生まれて、厳しく育てられてきた。

感情をあらわにするのは、一国を背負う者に相応しくないと言われ、できない日には罪人を入れる地下牢に閉じ込められた。

「はい……お父様……」

レオのことを考えたら泣いてしまうから、レオのことを考えないようにした。レオは大切な友達なのに、大切な家族なのに……。

どうして俺は、第一王子に生まれてきてしまったんだろう。どうして俺は次期国王なんだろう。自分で望んだわけじゃないのに、どうして……。

胸の真ん中に、大きな穴が開いてしまったみたいだった。

「ラウル王子、ごきげんよう」

「あ……マルグリット……」

そうだ。今日はマルグリットが遊びに来てくれる日だった。

「……どうしたんですか？」

「え？　何が？」

「とても悲しそうな顔をしていますよ。何かあったんですか？」

「あ……いや……」

「そうだわ。今日はレオにブランケットを持ってきたんです。ずっと寝ているって言っていたでしょう？　これをかけてあげたら、気持ちいいかな？　ってフワフワなんですよ。触ってみてください」

「あ………ありがとう」

マルグリットが差し出したブランケットを触ると、涙が出てきた。

「ラウル王子……？　えっ……どうしたんですか？」

しまった。しかも、マルグリットの前で泣くなんて……。

「な、なんでもないんだ。ごめんね……」

「なんでもないのに、涙が出るわけがありません。何かあったんですか？」

マルグリットは慌てた様子で、俺にハンカチをくれた。

「実は……実は、レオが……」

俺はレオが亡くなったこと、そして父上に泣かないように言われていることを泣きながら話した。

マルグリットはそれを聞き、涙を流しながら激怒した。

「なんですか、それは！　そんなのは泣かない方がおかしいです！　国王だって人間です！　人間なら泣いて当然ですよ……酷いわ……」

深い森のような色をした瞳は濡れ、大粒の涙が次から次へと溢れる。

ああ、なんて綺麗な涙なんだろう。

俺のために泣いてくれるマルグリットを見ていたら、ますます涙が出てきた。

「ラウル」

二人で泣いていると、後ろから父上に声をかけられた。

「ち、父上……」

「約束を破って、泣いているのか」

どうしよう。レオが捨てられる……！

俺が怯《おび》えて固まっていると、マルグリットが前に出た。

「国王陛下、違います！」

マルグリット……⁉

「マルグリット嬢、何が違うんだ？」

「ラウル王子は、泣いているんじゃありません」

「どう見ても泣いているように見えるが？」

「先ほど、私はラウル王子の頭を叩きました。喧嘩したんです。彼は悲しくて泣いているんじゃありません。私に頭を叩かれて涙を流しているだけです。痛みで流した涙は、生理現象なので泣いていることにはなりません」

王族に手を上げれば、罰を受ける。死罪になることだってある。それなのにマルグリットは、なんてことを言うんだろう。

「マ、マルグリット……！　父上、違います！　マルグリットは……」

「ラウル王子！　また、ぶたれたいんですか⁉　私の……その…………そうだわ！　私の分のクッキーを取るからですよ！　許しませんから！」

父上は目を丸くし、やがて笑い出した。

「くくっ……そうか、そうか……それならば、仕方がないな。ラウル、今日のところは勇敢なマルグリット嬢に免じて許してやろう。それから、レオは素晴らしい犬だった。しっかりと弔うように」

「父上……」

レオは人間と同じように葬式をし、歴代の王族が眠っている墓地に墓を作って埋葬した。

俺は自分の身の安全も顧みず、俺を庇ってくれたマルグリットに、さらに心を奪われていた。

立派な男になって、マルグリットと結婚する。彼女に好きになってもらえるよう、頑張らないと――。

マルグリットに好かれたい一心で、勉強も武道も血反吐《ちへど》を吐く思いで頑張ってきたのに、現実はあまりに残酷だった。

「ガルシア公爵、マルグリットに会わせてください。お願いします」

「ラウル王子、申し訳ございません。娘の高熱は原因がわからないのです。何か未知の伝染病という可能性もあります。王位継承者のあなたをお通しするわけにはいきません。どうかお引き取り下さい」

「そんな……」

マルグリットは十歳になった年から、たびたび高熱を出すようになった。熱が下がってもすぐに倒れ、ほとんどをベッドで過ごしているそうだ。

あんなに元気だったのに、どうして……。

お見舞いに行きたくても、未知の伝染病かもしれないと近付けてもらえなかった。

どうにかして忍び込めないかと考えたが、マルグリットの部屋は三階、周りに木などもなく、よじ登ることも不可能だった。

マルグリット、キミは俺を救ってくれたのに、俺は苦しんでいるキミに何もしてあげられないなんて……。

見舞いの品を送ることしかできない自分がもどかしくて、情けなかった。

それから何年も経ち、俺は結婚適齢期を向かえた。たびたび父上から結婚の話を振られたが、俺はマルグリット以外の女性なんて考えられない。

彼女は未だにほとんどをベッドで過ごしているそうだ。

マルグリット、会いたい……大人になった君は、どんな素敵な女性になっているだろう。

彼女を想わない日はない。

そんなある日、王城で仮面舞踏会が行われた。

俺は積極的に夜会には出席するようにしている。なぜなら、体調がよくなったマルグリットが来るかもしれないからだ。

でも、いつも彼女の姿を見つけることはできず、毎回落胆していた。

今夜もきっと、見つけることはできないだろうと思っていたその時だった。

黄金色の髪の毛の女性が、ゆっくりとホールに入って来た。その瞳は、深い森の色をしている。仮面で顔を隠していても、その美貌は隠すことはできない。

彼女がホールに足を踏み入れた瞬間、会場内がざわめいた。

「誰だ？　初めて見たぞ」

「美しいな。それにスタイルもいい」

仮面舞踏会では、素性を話すのも、探るのも禁止されている。仮面を外すことも不可だ。でも、今すぐ駆け寄って、名前を聞きたくなる。その邪魔な仮面を剥《は》がしたくなる。

いや、聞かなくてもわかる。あの令嬢は、マルグリットだ。俺がマルグリットを間違えるはずがない。

どうしてここに？　体調は大丈夫なのか？

美しいマルグリットの元に、次々と男がダンスの申し込みをしにいく。だが、彼女は困った様子で、それを断った。

ダンスは踊りたくないようだ。

ダンスを申し込もうと思っていたから危ないところだった。

やがて彼女は疲れた様子で、ふらふらと庭へ出て行った。それを見ていた男どもが彼女を追いかけようとする。

「彼女に近付くな」

「え、ラウル王子⁉」

「俺の願いが聞けないのか？」

「と、とんでもございません！」

俺の場合、髪と目の色が特徴的なので、仮面で隠しても無駄だった。マルグリットに虫のようにたかろうとする男たちを睨《にら》みつけ、急いで彼女を追った。

彼女は噴水の前のベンチに座っていた。

「なんて綺麗なのかしら……」

月明かりに照らされた噴水のことを言っているのだろう。

そう言うマルグリットの方が美しい。月明かりに照らされる彼女は、本当に妖精のようだ。

噴水に夢中になっているマルグリットの隣に立つと、彼女は驚いた様子でこちらを向いた。

ああ、彼女が俺を見ている……。

嬉しくて、泣いてしまいそうだった。今すぐ抱きしめたい衝動をグッと堪える。

「ラウル王子……」

ああ、俺のことをちゃんと覚えていてくれたんだ。

ますます抱きしめたくなったが、必死に堪えて微笑む。

「俺の髪と目の色だと、仮面を付けていても意味がないね」

「あっ……ごめんなさい」

仮面を外してみた。この流れなら、きっとマルグリットも外してくれると思ったが、彼女は仮面を外さないし、自分の素性を隠し続ける。

ルールを破っても罰があるわけじゃない。仮面舞踏会はあくまでもお遊びで、素性を明かすことも珍しくなかった。

じゃあ、どうしてだろう。

見舞いの一つにも来ない薄情な男だと、嫌われてしまったのだろうか。無理もない。本当にそうだ。しかし、マルグリットはこんな俺に好意を示してくれた。それなら、自分の正体を明かしてくれてもいいんじゃないだろうか。

彼女の意図がわからない。

「あの、ラウル王子……お願いがあるんです」

「何かな？」

キミの願いなら、どんなことでも叶えたい。

「……っ……ず、ずっと、お慕いしていました……こ、今夜……私に、す、素敵な思い出をくださいませんか？」

自分の都合のいい夢を見ているんじゃないかと思った。

いや、待つんだ。ラウル……これは、俺の思っている意味じゃないかもしれない。慎重になるんだ。性的な意味ではなく、純粋に話したいというかもしれないぞ。

間違えてしまえば、今度こそ確実に嫌われてしまう。

慎重に事を運んだ結果、マルグリットが望んだのは俺の想像した通りのことだった。

「んんっ……ん……ふ……んぅ……っ」

初めて触れたマルグリットの唇はとても柔らかくて、温かかった。舌を入れると、小さな舌が戸惑っているのがわかる。

薄っすらと目を開けると、頬を赤くして必死に俺のキスに応えようとする彼女の顔が見えた。

ああ、なんて色っぽくて、可愛いんだ……。

もうすでに俺の下半身は硬くなり、今すぐ彼女を押し倒したい欲求でいっぱいだった。彼女からする甘い香りに、理性が砕け散りそうだ。

マルグリットを自室に連れ帰った俺は、ベッドに座る彼女を見て、本当に夢を見ているか不安になり、密《ひそ》かに自分の頬の内側を噛んだ。

痛い……やっぱり現実だ。

マルグリットが、俺の部屋にいる。俺に抱かれたいと言ってくれている。こんなに幸せなことがあっていいのだろうか。

初めて結ばれるのだから、仮面を外してほしい。しかしマルグリットはそれを拒み、自分のことを『リナ』と呼んでほしいと言った。

それがどうしてなのかはわからなかったが、マルグリットの希望ならばそうしよう。

初めて見るマルグリットの身体はあまりにも美しかった。

透き通るように白い肌、こんなに細いのに二つの膨らみはとても豊かだ。

ドレスを着た状態でも大きいと思っていたが、脱がせるとさらに大きくて驚いた。それに比べて乳首は小さく、淡いピンク色をしていて、愛らしい。

こちらはどうなっているだろう。早く見たい。

マルグリットの下腹部に目がいくが、すぐに脱がせて足を開く……というのは、いかがなものだろう。

俺はこういった経験はない。

見た目が派手なせいなのか、俺を良く思っていない者が吹聴《ふいちょう》したのかは知らないが、なぜか女性経験が激しいという噂が流れている。しかし、マルグリット以外の女性を相手にするなんてありえないし、絶対に下半身が反応しない自信がある。

いつかマルグリットと結ばれることを願って、知識だけは人並み以上に集めてきたので、これはよくないとわかる。

順番だ……順番が大切だ。

マルグリットの胸に触れると、想像以上に柔らかくて驚いた。柔らかいだけじゃない。張りがあって、なんとも不思議な感触だ。

これが、マルグリットの胸……。

俺の手は大きい方だが、それでもマルグリットの胸は収まりきらず食み出ている。夢中になって揉んでいるうちに、乳首がツンと主張を始めた。

俺の愛撫に反応してくれているんだ。ああ、嬉しすぎる……！

心の中で、拳をギュッと握った。

尖った乳首をペロリと舐めると、マルグリットが甘い声を上げた。

ああ、もう駄目だ……止まらない。

俺は乳首にしゃぶりつき、夢中になって味わった。

「ひぁんっ！　あ……ラウル王子……ひゃぅ……っ……ぁんっ……ち、乳首……そんな……にしては……んっ……んっ……あぁっ……」

もう股間は痛いぐらいに勃ちあがり、先走りが溢れて下履きに滲みていた。まだ入れていないのに、このまま彼女の身体に触れているだけで射精してしまいそうだ。

マルグリットのドロワーズを脱がせ、花びらの間に指を滑らせると、たっぷり濡れていてクチュッと音が聞こえた。

「ひぁん……っ！」

感じてくれているから濡れているだろうとは思っていたが、こんなにも濡れてくれているなんて思わなかった。

指にプクリとした粒のようなものが当たった。

きっとこれが陰核──女性が最も感じる場所のはずだ。俺は学んだ知識を必死で思い出し、彼女の蕾《つぼみ》を愛撫した。

「んっ……ぁんっ……ぁっ……ぁっ……ラウル……王子……お、おかしくなっちゃ……ぁんっ……あぁっ……ひんっ……そこばっかり……だめぇ……」

「駄目？　でも、ここは喜んでくれているみたいだよ？　その証拠にほら、こんなにも溢れてきて、大洪水だ」

蜜がどんどん溢れてくる。

女性器の模型を使って練習した甲斐があり、マルグリットはとても感じてくれた。

「や……き、きちゃう……あっ……何か……んっ……きちゃ……っ……や……っ……あっ……あっ……あぁぁぁぁ……っ……」

マルグリットが達ってくれた時、泣きそうなぐらい嬉しかった。

経験者や性教育の教師が、女性の秘部に夢を持つのはやめろ。性器なのだから、美しいわけがないと言われていた。

しかし、マルグリットの性器はとても美しかった。蜜で濡れ、ランプの光でテラテラ光っていて、まるで朝露に濡れた薔薇のようだ。

俺は夢中になって、彼女の秘部を舐めしゃぶった。

「ぁんっ！　あぁ……っ……んっ……ラウル……王子……っ……あぁんっ……ぁっ……あぁっ……気持ち……ぃっ……舌で……ぺろぺろ……されるの……気持ち……ぃっ……ひぁんっ……気持ち……ぃっ……ぁっ……お、おかしくなっちゃ……あぁっ……」

可憐な彼女の唇から淫らな言葉が零れるのが、堪らなく興奮した。

次期国王なんて座は捨てて、こうしてずっとマルグリットを愛撫し続けられたら、どんなに幸せなことだろう。

彼女のヒクヒク収縮を繰り返している濡れた小さな穴に、誘われるように指を入れた。

な、なんて感触だ……。

マルグリットの膣道はとても温かく、ヌルヌルしていて、中から吸われるような感触がある。ここに受け入れてもらうことができたのなら、どんなに気持ちがいいだろう。

女性は初めて男と結ばれる時、とても痛いと聞いた。

その点は抜かりがない。いつかマルグリットと結ばれることを想定し、俺は主治医に頼み、初めてでも痛みが走らない薬を手に入れてある。

マルグリットは身体が弱いし、少しの痛みも与えたくないから、こういうものがあってよかった。

所謂媚薬の類のようで、痛みが走らないどころか、とても気持ちよくなることができるらしい。

実際に使うと、マルグリットは痛みに襲われることなく感じてくれていた。

よかった……が、俺の方がまずいことになっていた。

マルグリットの中があまりに良すぎて、入れてすぐなのに射精してしまいそうだった。

早すぎる射精は女性を満足させられないし、女性に呆れられると聞いたので、早く出さない訓練もしてきた。かなり頑張ってきた。

だが、そんな訓練など無になるほど、マルグリットの中はすごかった。

「ぁ……っ……き、きちゃ……ぅっ……ぁんっ……！　ぁっ……ぁっ……あぁぁあっ！」

彼女が絶頂に達すると、それ以上にすごくなり、俺は情けないことにとても早い段階で射精した。

しかも、中で……。

外に出すつもりだったのに、一瞬のうちで二つの失敗を犯した。

「違うんだ……こんなはずじゃ……リナの中が、あまりにも良すぎて……ああ、言い訳にしか聞こえないな。でも、普段はこんなに早くないんだ」

「え？　え？　あの、呆れてなんていません。あの、仰っている意味がよくわからなくて……」

マルグリットは初めてだから、早いかそうじゃないかはわからないようだった。

助かった……。

一度射精しても、マルグリットの素晴らしい中ではあっという間に硬さを取り戻す。俺は夢中になってマルグリットを求め、その後も彼女の中に欲望を擦り続けた。


どれくらい、そうしていただろう。


「ん……」

マルグリットが先に眠って、仮面越しに可愛い寝顔を見ているうちに俺も眠ってしまったらしい。

隣で眠っていたはずの彼女の姿がない。

どうして眠ってしまったんだ。俺は……！　送って行きたかったのに……！

今日は疲れてはいたが、元気そうだった。体調がよくなったのだろうか。大人になってから彼女が出歩くのは、初めてのことのはずだ。

今後は外に出ることができるのだろうか。

うん、きっとそうだ。そうだと思いたい。

早くまた会いたい……会って、今度は仮面を外して、偽名ではなくて本当の名前を呼んで、キミを抱きしめて、キスがしたい。

そして、ずっとキミが好きだったと告白して、妻になってもらいたい。

そう思っていたのに、マルグリットは療養を理由に、王都と違って空気の良いガルシア公爵領へ引っ越していった。

会いに行こう。そして今度こそ告白する。

そう思っていたが、マルグリットの状態は王都にいる時と変わらないようで、ベッドから起き上がれないので、家族以外は面会謝絶としているそうだ。

あの夜は、そんなに体調が悪そうには見えなかった。いや、あの夜に無理させてしまったからこそなのだろうか。

マルグリット、会いたい……キミの苦しみを全部変わってあげられることができたらいいのに。

ガルシア公爵に、何度もマルグリットに会いたいと手紙を送ったが、受け入れてもらえることはなかった。

俺は信頼している部下の数名をガルシア公爵領にこっそり住まわせ、彼女の周りを探らせた。

そして定期的に交渉し、マルグリットの近況を聞き続けて数年経ったある日、部下から緊急の手紙が届き、中身を見て驚いた。

変装したマルグリットが、街で歩いているのを、何度か目撃した者がいるとのことだった。そしてなぜか、彼女の屋敷に子供が住んでいるそうだ。

親戚の子だろうか。子供がいたら、騒がしくて身体を休めるどころではないのでは？

いや、それはどうでもいい。マルグリットは歩ける。ベッドから起き上がることができるようになったということだ。

でも、依然としてマルグリットは、面会謝絶状態を保っている。また体調を崩したら……ということで、大事を取っているのだろうか。

しかし、それからかなりの時間が経っても、ガルシア公爵から返ってくる言葉は、マルグリットは体調が悪いままで、誰かを迎え入れる余裕はないとのことだった。

じゃあ、どうして彼女は、外で歩いていたんだ？

何か、引っかかる……。

俺は彼女の過ごす屋敷に、信頼できる部下の妹のアンヌという女性を侍女として潜入させることにした。

マルグリットと歳も近いので、彼女も打ち解けやすいのではないだろうか。専属の侍女となれば、彼女の情報が手に入る。

念のために、ミシェルと名前を変えさせて、経歴もこちらで用意することにした。

こうしてミシェルは使用人として潜入することに成功し、数か月を経てマルグリットの専属侍女の座を得た。

彼女からの最初の報告は、マルグリットは病気をしていない。元気に過ごしているということだった。具合が悪いふりをして面会謝絶状態を保っている理由まではわからないようだった。

次の報告は、子供のことだった。子供はガルシア公爵家の遠い親戚の子供で、ルネという。マルグリットにとても懐いているらしい。

そうか、マルグリットは元気なんだ……よかった。苦しんでいないんだ。本当によかった……。

ずっと知りたかったマルグリットの情報を知ることができて、ミシェルからの報告が待ち遠しくて仕方がなかった。

そして、彼女がマルグリットの専属侍女になってからしばらくしてのこと、衝撃的な報告を受けた。

遠い親戚だと言っていたルネは、マルグリットの実子だった。彼女が病気と偽って周りと接点を絶っていたのは、ルネを守るため――。

「子供……？　マルグリットの……？」

子供の年齢を計算したら、あの夜の子に間違いなかった。マルグリットは父親の名前を誰にも言っていないそうだ。

マルグリットが俺の子を……。

あんなに弱い身体で、俺の子供を産んで、大切に守ってくれていた。何も知らずに俺は……なんて愚かな男なんだ。

王都に居る時は体調を崩してばかりだったマルグリットは、ガルシア公爵領に来てからは体調がよくなり、そのうちルネを身籠っていることが発覚して、出産した。出産した後も体調を崩すことはないそうだ。

今すぐ迎えに行きたかったが、何の考えもなしに連れ帰っては、ゴシップ好きの貴族たちが、マルグリットとルネを放ってはおかないだろう。

彼女たちを好奇な目から守るためには、しっかりと周りを固めておかなければならない。俺は早急に二人を迎える手筈を整えることにした。

「父上、俺はマルグリットと結婚します」

「何度も言うが、マルグリット嬢は身体が弱い。妻になれる身体ではない。お前は次期国王として世継ぎを作らねば……」

「彼女は領地で過ごしている間に健康になりました。それに、もう、世継ぎはいます」

「…………何⁉　どういうことだ」

「彼女が領地に帰る前、関係を持ちました。彼女との間に、三歳の子供がいます」

「痣は……」

「あります」

これは王家に伝わる秘密だが、王家の血筋を引く子は、不思議なことに身体のどこかに星型の痣がある。この国を作った神が、この国を守る血筋の者に与えた……と言われているが、どうなのだろう。真偽はわからないが、痣があるのは事実だ。現に俺にもある。

人工的に彫ったものとは違い、王家に伝わる王笏に付いている宝石を近付けると、不思議なことに痣が輝く。

痣は王族だけの秘密だが、昔、何度か漏れたことがあり、人工的に痣に似せたものを掘って王族を語った者がいたが、当然この方法で嘘が暴かれ、処刑された。

ルネに痣があるかは確認していないが、俺の子なのだから、間違いない。絶対にあるはずだ。

痣のことは秘密だが、王族には、王族だと証明できる方法があるということだけは、広く知られている。

マルグリットとは元々恋人関係にあり、そしてルネを授かった。

ガルシア公爵領で密かにルネを育てていた理由は、俺を暗殺しようとしていた者がいて、俺の指示で安全を考慮してガルシア公爵領に引っ越し、ルネを産み育てた……という話にさせてもらい、その話を俺の両親、そしてガルシア公爵夫妻に伝えた後、社交界に広めた。

ゴシップ好きの貴族たちを満足させられる内容になっているはずだ。

こうしてマルグリットを迎えに行く手筈が整った。

マルグリットに求婚する日はガルシア公爵に伝えていたが、彼女には内緒にするように頼んだ。

彼女は湖でルネとミシェルと遊んでいるそうだ。俺は少し離れた所に馬車を停め、彼女の姿を見た瞬間、感極まって涙が出そうになった。

幼い頃のマルグリットと瓜二つの男児が、元気よく走っている。

あの子が、ルネ……マルグリットにそっくりだ。俺の息子か……なんて愛おしいんだろう。

「ルネ、転ばないように気を付けるのよ」

心配したマルグリットが、ドレスの裾を掴み、足早にルネの後を追いかける。

マルグリット……！

青白かったマルグリットの顔色は赤みがさしていて、フラフラしていた足取りはしっかりと大地を踏みしめている。母親になって年齢を重ねた彼女は、より美しくなっていた。

会いたかった。本当に……。

「ラウル王子、お声をかけに行かないのですか？」

陰に身を潜め、いつまでも二人を見つめる俺にしびれを切らしたのか、従者のジョセフが話しかけてくる。

「もう少し見ていたい……宝物みたいな、光景だから」

「……そうですか」

ジョセフは幼い頃からの友人でもあり、マルグリットへの気持ちも知っているから、すんなりと納得してくれた。

いつまでもその眩しい光景を見ていると、強い風が吹いてマルグリットの帽子がフワリと宙を舞った。

気が付くと俺は歩き出し、その帽子を掴んでいた。

俺の姿に気付き、深い森の色をした瞳が丸くなる。

「ラウル王子……」

「久しぶりだね。マルグリット」

マルグリット、もう二度と一人で抱え込ませない。これからは、俺が守る——。


「……さま…………とう…………さま…………おとうさまっ！」

愛おしい声が聞こえてきて目を開けると、愛しい息子のルネが俺の顔を覗《のぞ》き込んでいた。

「ルネ！　眠っているお父様を起こしては、駄目でしょう？」

「だってぇ……」

マルグリットが慌ててルネを抱き上げ、叱った。

ここは……ああ、そうだ。ガルシア公爵邸のゲストルームだ。

昨日はルネの全快を祝うパーティーがあって、泊まらせてもらうことにしたんだった。

夜はマルグリットの部屋で彼女と愛し合って、そのまま彼女の部屋で一緒に眠りたいところだったが、まだ、俺たちは結婚していない。

ガルシア公爵夫妻やガルシア子息の目もあるからと、朝方にゲストルームへ戻って休んだんだった。

「マルグリット、大丈夫だよ。ルネ、おはよう」

マルグリットからルネを受け取り、柔らかくてプニプニの頬にキスをする。

「えへへ、おとうさま、おはようございます」

ルネも俺の頬にキスをしてくれた。

柔らかな金色の髪、汚れを知らない紫色の瞳、ぷにぷにの頬、小さな手足、なんて愛おしいんだろう。

ルネをギュッと抱きしめると、愛おしさがさらに込み上げてくる。

「マルグリットも、おいで」

「え？　わ、私も？」

近くに来たマルグリットを抱き寄せ、唇にキスをした。

「んんっ！　ほ、頬じゃないんですか⁉」

唇を離すと、マルグリットが顔を真っ赤にする。あまりに可愛くてその場で押し倒したくなったが、さすがにルネの前なので自重したのだった。

エピローグ　まさかここで役立つなんて

ルネの誘拐事件があってから一か月――私たちは無事に日常を取り戻していた。

前にクッキーを焼いて持って行った時、ラウルが思った以上に喜んでくれたものだから、今日はカップケーキを作ってみた。

ルネも一緒に届けに行くと張り切っていたのだけれど、出発直前にジャンお義兄様から新しいおもちゃを贈られて夢中になり、お留守番をすることになったので、今日は私一人。

結構自信作だわ。ラウル、喜んでくれるかしら。

ラウルの喜ぶ顔を想像しながら、政務室に向かって歩く。

扉の前に着いたところで身だしなみを整え、ノックしようとしたその時――。

「……ラウル王子、本気でマルグリット公女と、隣国の王の誕生パーティーに出席するのですか？」

え……っ！

中から私の名前が聞こえてきて、ノックする手を止めた。

初老の男性の声だ。これは誰の声だろう。

「ああ、マルグリットにはまだ知らせていないが、彼女がいいと言ってくれたら、パートナーとして出席してもらうつもりだ」

そうだったのね。後から教えてもらえることを、今聞いてしまったわ。

それにしても、男性の声は私が出席をしていることを不服としているようだった。

「何か問題でもあるか？」

ラウルの声……苛立《いらだ》っている様子で、冷たい声音だ。

「あの、本当にマルグリット公女を妻に迎える気ですか？」

「当たり前だ」

ラウルの声が、さらに苛立つのがわかった。

「しかし、マルグリット公女は……」

「カルム公爵、何が言いたい？」

カルム公爵――側近のジョセフ様のお父様であり、現宰相。カルム公爵家は、代々宰相を輩出する家系だ。

「恐れながら申し上げます。マルグリット公女は、長年毒のせいで倒れている時間が多く、令嬢としての教育が不十分ではないでしょうか。普通の貴族に嫁ぐのならまだしも、王子妃で、将来王妃となるお方です。お子のルネ様が誕生しているのを考慮して、正妃ではなく側室……というのが落としどころでは？」

「カルム公爵！」

ラウルが怒りを孕んだ声で、カルム公爵を呼んだ。大きな声で、耳がビリビリする。

「マルグリットは令嬢教育をしっかりと受けている」

「毒を飲まされて、勉強する余裕などないでしょう」

「俺が嘘を吐いているとでも言いたいのか？」

「いいえ、ただ、マルグリット公女に騙されている可能性はあります。恋愛は時に人を盲目にさせますから」

「何？」

こんなに怒ったラウルを見るのは、初めてだわ。いえ、正確には、扉を挟んでいるから見てはいないけれど。

「父上、いい加減にしてください」

「ジョセフ、お前は黙っていろ。それにここでは父上と呼ぶなとあれほど言って……」

「親子喧嘩は他でやれ。とにかく、俺は側室を迎えるつもりはない。俺の妻は、マルグリットだけだ。俺の我慢が限界に達する前に、出て行け」

ラウル……。

ラウルの気持ちが嬉しい。

「ラウル王子、どうか、冷静に……これは私だけの意見ではございません。国の未来がかかっているのです。ここは慎重にご検討ください。それでは、失礼致します」

あ、出てくるわ……！

私は慌ててその場を去り、近くの柱に隠れた。

こういった声が出るのは、正直予測していた。だって、長い間寝込んでいたのは本当だもの。

でも、ラウルが言っていた通り、令嬢教育は受けていた。毒で具合が悪い時もあれば、起き上がれる日もあったから、そういう日には積極的に勉強するようにしていた。ずっとベッドにいるから暇で、むしろ他の令嬢より勉強していたような気がするわ。

マルグリットの頭脳は優秀で、学んだことをグングン吸収できるから勉強がとても楽しかった。

他の令嬢より不十分なのは、ダンスのレッスンぐらい？　それでも十歳になるまでにしっかり叩《たた》き込んであるし、体調が回復してからは学び直したから、普通に踊れるわよ。まあ、すごく上手というわけではないけれど。

——なんて、主張して通るはずがないのよね。口では何とでも言えるもの。実際に行動で見せないといけない。でも、どうしたらいいのかしら。

ラウルの妻の座を、誰かに譲るつもりなんてない。

なんとかしないと……。

「あっ」

カップケーキ、どうしようかしら。

今、尋ねて行ったら、立ち聞きしていたことを気付かれてしまう。

ううん、別に隠すことないわ。直接話してみましょう。

再びラウルの政務室の前に立ち、扉をノックした。

「はい」

この前のようにジョセフ様が返事をし、扉を開けてくれた。

ジョセフ様は、なぜか安堵した表情で私を見る。

「……ラウル王子、機嫌が悪かったんです。マルグリット様が来てくださって、助かりました」

多分、カルム公爵の言っていたことを引きずっているのね。

「ジョセフ、誰だ」

ラウル王子は不機嫌な様子で、書類に目を落としたままだ。こちらには気付いていない。

「ラウル、忙しいですか？」

「え、マルグリット？」

ラウルはすぐに席を立ってこちらへ来ると、私の腰を引いて頬にキスしてきた。

「あっ！」

人前で……と思ったけれど、頬ならセーフ……かしら？

「急にどうしたの？　会えて嬉しい。ん？　それは？」

「この前、クッキーをお持ちしたら喜んでいただけたので、今日はカップケーキに挑戦してみたんです。休憩の時に召し上がっていただけたら」

「今すぐ休憩にするよ」

「では、私は至急取りに行かなければいけない書類があるので……一時間ほど」

「二時間だな」

「二時間ほど、失礼致します」

前にも思ったけど、絶対二人きりの時間を作ろうと、気を利かせてくれているわよね。申し訳ないわ。

私がラウルと並んでソファに座ると、侍女が紅茶とカップケーキを載せるお皿を用意してくれた。

「ルネは？」

「ジャンお義兄様が新しいおもちゃをくれたので、それで遊んでいます。それまでは自分も行くと張り切っていたんですけどね」

「おもちゃに負けたか」

「私と二人きりでは、物足りませんか？」

少しだけ意地悪な質問をしてみる。

「大満足だよ。ルネと三人でいる時間も大好きだけど、二人きりの時間も大好きだからね。マルグリットは物足りない？」

顔を近付け、尋ねられた。

「ふふ、私もラウルと同じ気持ちです」

ラウルはそのまま私の唇を奪うと、深く求めて来た。

「ん……ん……」

身体をよじらせてしまい、カップケーキが入っているバスケットを落としそうになる。

あ……っ！

「おっと」

そのことにすぐ気が付いたラウルが、バスケットを手で受け止めた。

「危ないところだった」

「ごめんなさい」

「つまみ食いをした俺が悪いんだよ」

ラウルは悪戯《いたずら》っぽく微笑むと、私の唇を指先で突いた。

「もう……」

「開けてもいいかな？」

「ええ、もちろんです」

カップケーキの味は三種類、チョコレート、紅茶、ドライフルーツ入りのもの。どれも美味しくできた自信作だ。

「美味しそうだね。どれがおススメかな？」

「うーん……あ、ルネはチョコレート味が一番好きだって言っていました。ラウルはルネと味覚が近いようなので、お好きじゃないかしら」

「じゃあ、チョコレート味を頂こうか」

ラウルがカップケーキを食べるのを見ながら、さっきの話をいつ切り出そうか考える。

「うん、すごく美味しい」

「よかったです」

「今まで食べたケーキの中で、一番美味しい」

「ふふ、それはお世辞だってすぐわかりますよ？」

「俺がお世辞を言う男に見える？」

「……見えません」

ラウルがまた、ちゅっと唇を吸ってくる。

「こうすると、もっと美味しく感じるな」

「もう……」

ラウルの手が、色っぽい手付きで私の腰に触れてくる。そのまま流されたくなったけれど、それでは話ができない。

「待って、ラウル……話したいことがあるの」

「話？」

ラウルの手が止まる。

「ごめんなさい。実は、さっきのカルム公爵との話、聞いてしまったの。令嬢教育をろくに受けていない私は、正妃に相応しくないっていう話……」

「謝るのはこちらの方だ。不愉快な思いをさせてごめん。でも、俺は、マルグリットを正妃にするし、側室など持つつもりはないよ」

「ありがとうございます。すぐにそう言ってくださって、嬉しかったです。でも、反対する方々の言い分もわかります。私は十歳の時から倒れてばかりで、周りから見れば令嬢教育が不十分だと感じるでしょうから。けれど、私もラウルの妻になることは、誰にも譲れませんし、諦めたくありません。ですから、反対派の意見を覆せるように頑張ります」

するとラウルが、自身の左胸を押さえた。

「え、ラウル、どうしたんですか？」

「ああ、ごめん。マルグリットが、俺の妃になりたいと言ってくれるのが嬉しくて……幸せを噛《か》み締《し》めているんだ」

「ふふ、ラウルったら」

「この話を聞いていたということは、隣国行きの話も聞いていた？」

「ええ、私でよければ、ご一緒します」

「ありがとう。外交とはいえ、初めての家族旅行になるね」

「家族旅行？　まさか、ルネも連れて行くおつもりですか？」

「駄目かな」

「さすがに幼過ぎて、外交の場に連れて行くのは心配ですね」

「そうか。ルネは寂しがるだろうね。たくさんお土産を買って帰ろう」

「ええ、喜びます」

「じゃあ、初めての二人での旅行になるわけだ」

カップケーキを一つ食べ終えたラウルは、私の太腿をしっとり撫でてくる。

「ぁ……っ……ラウル……」

「ん？」

「また、政務室で、こんな……」

「ここ二週間ほど忙しくて、マルグリットとゆっくり過ごせていなかったからね」

ラウルはここ一か月、本当に忙しかった。でも、わずかにできた時間を使って、ガルシア公爵邸を訪ねてきてくれていた。

けれど、その場にはルネが居たし、本当にわずかしか会えなかったので二人きりの時間は、一か月ぶりだ。

「もう、限界なんだ。疲れた俺を慰めてほしいな」

ラウルは私の手を取ると、下半身に持っていった。

「あっ」

ラウルの欲望は大きくなって、ボトムスを押し上げている。

「マルグリットのことばかり考えて、政務が出来そうにないんだけれど……どうしたらいいかな？」

「それは、大変ですね。なんとかしないと……」

「ああ、なんとかするのを手伝ってくれる？」

ラウルは私の首筋にキスしながら、自身の首元を飾っているクラヴァットを解いた。

「ん……っ……もちろん……です……」

「ありがとう」

ラウルは私のドレスを乱し、コルセットをおろして胸を露わにした。

「マルグリットの胸、恋しかったよ」

私の胸を揉み、ちゅ、ちゅ、とキスしてくる。

「ぁ……っ……く、くすぐったいです……ふふ」

「マルグリットも、俺のことが恋しかった？」

「ええ……とても……ぁ……っ……んんっ……」

ツンと尖った胸の先端を撫でられ、私はビクビク身体を震わせながら頷いた。

私って、いつもラウルに気持ちよくしてもらってばかりだわ……私もラウルを気持ちよくしたい。

ラウルの大きくなった欲望をこっそり見る。

口でしたら、喜んでくれるかしら。

この世界では、女性が積極的なのはよくないとされていて、性教育でも「自分から何か主張してはいけない。夫に全てを任せること」と学ぶ。

下手したら喜ばれるどころか、引かれる可能性もあるわけだけど……。

でも、ラウルは私が何を言い出しても、受け入れてくれる気がする……というのは、少々うぬぼれすぎかしら。

胸の先端をチュッと吸われたところで、難しいことが考えられなくなった。

「んん……っ……ラウル……あの……お願いがあります……」

「ん？」

「でも、はしたないって……思われるかもしれないのが、少し怖くて……」

「はしたないお願い？　それは大歓迎だな。乳首じゃなくて、こっちを触ってほしい……とか？」

ラウルの長い指が、ドロワーズの中に入ってきて、私の割れ目の間をなぞり始めた。

まだ少し触れられただけだというのに、そこはすっかり潤んでいて、指が動くとクチュクチュ淫らな音が聞こえてくる。

「ぁんっ！　そうじゃなくて……」

「指じゃない？　じゃあ、舐めようか」

ラウルがペロリと舌を出した。

だ、駄目！　これ以上気持ちよくされたら、何も考えられなくなって流されるがままになっちゃうわ……！

「ま、待ってください……舐めちゃ駄目です……わ、私が、舐めたくて……っ」

ああ……っ！　ついに言っちゃったわ！

「舐めたいって、どこを？」

キョトンと目を丸くするラウルから、恥ずかしさのあまり目を背ける。

ここまで来たら、後には戻れないわ。

「……っ……こ、ここを……」

私は意を決して、ラウルの欲望に手を伸ばした。

「えっ！　舐めたいって……俺のを舐めてくれるってこと？」

ああ、顔から火が出そうなぐらい恥ずかしいわ……！

「だ、駄目ですか？　いつもラウルは私を気持ちよくしてくれるから、私もラウルを気持ちよくしたくて……」

ラウルからの反応が来ない。

やっぱり、積極的なのはよくないのかしら……。

恐る恐るラウルの顔を見ると、彼は金色の瞳を輝かせていた。

あれ？　なんだか、引いている様子では……ない？

「えっと、ラウル……？」

「あっ！　ご、ごめん。あまりにも嬉しくて、言葉が出てこなくて……」

「喜んでくれていたんですね。私、てっきり、はしたない女だと引かれてしまったかと……」

「まさか！　嬉しいよ。でも、本当にいいの？」

「ええ、もちろんです。あの、じゃあ、します……ね？」

並んで座るよりも、私がソファから下りた方がやりやすいわよね。

私はソファから降りて、ラウルの足の間に入った。彼がベルトのバックルを外して、ボトムスをずらすと、大きな欲望がブルンと飛び出す。

ラウルの……。

何度見ても大きい。こんなに大きいものが、私の中に全て収まるのが不思議だ。

私は両手でラウルの欲望を包み込み、ペロリと舐めてみた。

「ん……っ……」

するとラウルが気持ちよさそうに声を漏らす。その様子を見ると、身体中の血液が沸騰しそうなぐらい興奮した。

男性を気持ちよくする術は、夫に求められたら……という前提で、一応教えてもらっている。でも、いざ目の前にしたら、全部頭から飛んでしまった。

「ああ……マルグリットの舌……すごく温かくて、柔らかい……ん……っ……気持ちいいよ……すごく……はぁ……すごく気持ちいい……」

私はテクニックなどまるで考えず、夢中になってラウルの欲望を舐めた。興奮で頭がフワフワしていて、もう、理性なんてまるで働いていない。本能で口を動かしている。

ラウルの気持ちよさそうな声や吐息を聞いていると、お腹の奥が疼いて、私の秘部からは蜜がとめどなく溢れていた。

さっきよりも、硬くなっている気がするわ……。

ラウルの反応で、気持ちいい場所がだんだんわかってくる。先端を舐められるのが好きみたい。あと、くびれている部分を舌でなぞられるのも……。

「ん……ふ……んん……」

先端を口の中に入れて、唇と舌でくびれの部分を刺激していると、ラウルがビクビク身体を震わせる。

「……っ……それ……気持ち……い……っ……ぁ……っ……待って……マルグリット……もう、達きそうだ……」

え、達きそう？　そんなに気持ちよかったってこと？　ものすごく嬉しいわ……！

「んっ……達ってください……」

「ううん、マルグリットの口の中を汚したくないんだ」

「ラウルのは、汚くありません」

そう答えると、ラウルが目を細める。

「また、キミはそうやって俺を喜ばせて……」

「本当ですよ？」

「ありがとう。でも、聞いた話によると、子種は相当不味いらしいんだ。だから、口の中では出したくない」

達きそうなのを我慢するのは、とても辛いはずなのに、私を気遣ってくれるラウルの気持ちが嬉しくて仕方がない。

「じゃあ、こちらでなら……いいですか？」

私は立ち上がってドロワーズを脱ぎ、ラウルの上に跨《また》がった。

はち切れそうなぐらい膨らんだ欲望を膣口に宛がうと、身体の奥がこれから受ける快感を想像し、熱くなる。

「うん……こっちの可愛い口で達きたい……さっきより濡れているね」

気付かれてしまった。

「もしかして、俺のを舐めて、興奮してくれた？」

「だって、ラウルが気持ちよくなってくれて、嬉しくて……」

「ふふ、俺もだよ。いつもマルグリットの身体を触ると、すごく興奮して、ここが硬くなるんだ」

下から突き上げられ、膣口がクプッと広げられた。

「ぁ……っ……だ、だめ……突いちゃ……やんっ……あぁ……っ」

感じて身体から力が抜け、ラウルの欲望が奥まで一気に埋まった。あまりの快感に、目の前がチカチカする。

「ん……っ……マルグリットの中……すごいね……トロトロだ……」

「い、一気に……入れるなんて……」

「マルグリットが入れたんだよ？」

「ラウルが、突いてくるからです……」

「ふふ、ごめん。ああ……可愛い……マルグリット……なんて可愛いんだろう」

ラウルは私の唇に深いキスをしながら、下から突き上げてきた。

「ん……んんっ……ふ……んぅ……っ……んっ……んんっ……！」

突き上げられるたびに胸が上下に揺れ、尖った先端がラウルの胸に擦れて、甘い快感が広がっていく。

口の中も、胸も、恥ずかしい場所も、全部気持ちよくて――ああ、おかしくなってしまいそう。

足元からゾクゾクと何かがせり上がってきて、ラウルを受け止めている中が強い収縮を繰り返し始める。

「ラウル……わ、私……もう……ぁ……っ……！」

ラウルが激しく突き上げてきて、私は大きな嬌声を上げた。

「達きそう……？　俺は……達きそうだよ……」

「ぁ……っ……は、ぃ……んっ……私も……ぁっ……ぁんっ……んっ……あぁんっ！　んっ……」

「じゃあ……一緒に達こうか……」

私が頷くと、ラウルがさらに激しく突き上げてきた。

「ぁんっ！　あっ……あっ……は……ぅ……んんっ……ぁっ……ぁっ……や……きちゃう……んっ……はぁんっ……んっ……ぁっ……ぁっ……あぁぁっ！」

足元を彷徨っていた何かが一気に駆け上がってきて、私は絶頂に達した。そして私とほぼ同時にラウルが切なげな息を吐き、私の一番奥に熱い情熱を勢いよく放つ。

中でラウルの欲望が、ドクンドクンと脈打っているのを感じる。

「マルグリット……もっと……いい？」

「え？　あ！　ひぁんっ！」

また突き上げられ、達したばかりで敏感になった中に、新たな刺激が与えられた。

「や……んんっ……いった……ばかりなの……にっ……ぁんっ……あぁんっ！　ぁっ……ぁっ……んんっ！」

「ずっと、マルグリット不足だったから……もっと、マルグリットが欲しいんだ……」

ラウルの出したのと私の蜜が混ざり合い、突き上げられるたびに、グップグップと淫らな音が響く。

「ぁ……っ……んんっ……私も……ラウル……もっと、して……くださ……っ……んっ……ぁっ……ぁんっ！　は……ぅっ……んっ……あぁんっ！」

私たちはジョセフ様がくれた二時間、ずっとお互いを求め合っていた。

私はすっかり足腰が立たなくなって、帰れるようになるまでさらに一時間かかり、その間ここで休ませてもらっていたのだけど、ジョセフ様に何をしていたか絶対に勘付かれているので、恥ずかしすぎてどうにかなってしまいそうだったし、屋敷に着いてからは、帰りが遅いとルネに拗《す》ねられて大変だった。

◆◇◆

翌月、私はラウルと共に隣国のヤグルマ国を訪れた。

やっぱりルネも行きたいと騒いだけれど、私とラウルで時間をかけて説得し、お留守番をしてもらうことに成功した。

我が国からヤグルマ国までの往復の時間、そして滞在する時間を合わせたら一週間はかかる。こんなにルネと離れるのは初めてのことだから、寂しさもあるし、それ以上に心配もあった。

でも、どの親も、いずれは子と離れるのよね。

お父様とお母様も、私が王都の屋敷を離れて領地に引っ越した時、きっと寂しかったに違いないだろう。

ラウルも私と同じ気持ちのようで、ヤグルマ国に向かう道中は、口を開けばルネのことばかりだった。

「マルグリット、準備はどう？」

「ラウル、今終わったところです。パーティーは夜からなのに、大分早く準備を終えてしまいましたね」

パーティーに向けて準備を整え終えたところで、ラウルが部屋に訪ねてきた。

子供がいるとはいえ、まだ婚約者という関係なので、私たちは同じ部屋ではなく、それぞれ部屋が与えられている。

扉を開けると、私とお揃いの生地を使ったスーツに身を包んだラウルが立っていた。

ああっ！　格好いい……！　なんて素敵なのっ！

淡いラベンダー色のスーツに、ポケットには百合《ゆり》の花が飾られている。私もラベンダー色のドレスで、髪には百合を飾っていた。ちなみに生花を持ち込めないので造花だ。

どうして百合なのかというと、ヤグルマ国王のお気に入りの花だから。

友好条約を結んでいるので、機嫌は取っておきたいというわけだ。

国王に渡す誕生日プレゼントは、ダイヤと金と白蝶貝《しろちょうがい》で作った百合の花束。

国一番の職人に作ってもらった贅沢で繊細な品で、壊さないようにここまで持ってくるのに、ジョセフ様がものすごく気を配っていた。

「ああ、マルグリット……なんて素敵なんだろう。今日の主役はヤグルマ国王なのに、誰が見ても今日の主役はキミだよ」

「そ、そんなことありません。ラウルこそ本当に素敵です。見惚れてしまいました」

「このまま二人きりで過ごせたらいいのにな……でも、せっかく綺麗に着飾っているのに、二人きりだとすぐに脱がせたくなってしまうよ」

ジョセフ様とアンヌがいるにも関わらず、ラウルが口説いてくる。

「ラ、ラウル……そういうことは、二人きりの時に……」

「そうだね。パーティーの後のお楽しみだ。……いや、でも、パーティーは大分後だし、十分マルグリットと愛し合える時間はありそうだけど……」

「そ、そんな話、人前でしないでください……っ！」

そんなことを話していると、誰かに扉をノックされた。訪ねてきたのは、ヤグルマ国の宰相だった。

「失礼致します……私は宰相を務めております。カスト・アロイージと申します」

我が国の宰相とは違って、かなり若い。私たちと変わらないようだ。そしてなぜか、顔が青ざめている。

何かあったのかしら……。

「パシフィカ国第一王子ラウル・レノアールです。そしてこちらは、私の婚約者のマルグリット・ガルシアです。顔色が悪いようですが、どうかなさいましたか？」

「ラウル王子、マルグリット様、せっかく来ていただいたのに、申し訳ございません。実は我が国王は、パーティーに参加できる状態ではなくなってしまい……」

「体調がお悪いのですか？」

ラウルがそう尋ねると、カスト様が冷や汗を流す。

「ご体調と申しますか、お、お心……と申しますか」

なんだか言いにくそうだ。

「何かお心が痛むことがございましたか？　私でよければ、何かお力になれたらと思うのですが、いかがでしょうか」

カスト様は考え込むと、重い口を開いた。

「こんなことで……と呆れられるかもしれません。いえ、そう思う方が大半でしょう」

「私とマルグリットは、そうは思いません。どうか安心してお話しください」

ラウルに微笑みかけられ、カスト様はぼんやり見惚れる。そして私も見惚れていた。

今まで秘密にしていたことをすべて話してしまいたくなるような、そんな慈悲深く、美しい表情だった。

って、私まで見惚れてしまってどうするの！

「実は我が王は、愛猫家でして。ディアナという猫をとても可愛がっているのですが、今朝から体調を崩しまして、普段はとても元気であちこちを歩いているのですが、何度も吐き、今はぐったりした様子で起き上がれないのです。王はずっと泣いて、ディアナの傍から離れようとせず、今日のパーティーに出席はできないと言っておりまして……」

私も前世で猫と暮らしていたから、ヤグルマ国王の気持ちが痛いほどわかる。ラウルも愛犬家だから、同じことを思っているはずだ。

「高齢ですか？」

「いいえ、まだ二歳と若い猫です」

「医師には診せましたか？」

「ええ、ですが、原因はわかりませんでした。もう、いつどうなってもおかしくない状態だろうと言われています」

何かの病気なのかしら……。

「私も犬と暮らしていますので、陛下の辛さが痛いほどわかります。どうか、会わせていただけないでしょうか？　お心をお慰めしたいのです」

「ええ、ぜひ……できれば、我が王には立ち直っていただき、パーティーに出席してもらえたらいいのですが……」

人によっては、理解してもらえない理由だろう。私やラウルは動物を家族だと思っているけれど、悲しいことに、たかが動物……と思う人もいるし、最悪の場合は、外交問題に発展する可能性もある。

そうならなければいいけれど……。

私たちはカスト様に案内してもらい、ヤグルマ国王とディアナが過ごす部屋を訪ねた。

「カストです。パシフィカ国のラウル王子とご婚約者のマルグリット様をお連れ致しました」

カスト様が扉越しに話しかける。でも、返答はない。

「陛下、ラウル王子も犬と一緒に暮らしていらっしゃるそうです。陛下のお心をご理解なさって、とても心配してくださっています」

「………ありがとう。お通ししてくれ」

扉が開くと、むせかえるような花の香りがした。

すごい強い香りだわ。これは……アロマオイルかしら。

「ラウル王子、マルグリット様、このたびはヤグルマ国へお越し頂きありがとうございます。こんなことになってしまい、申し訳ございません……」

ヤグルマ国王の目は、パンパンに腫れあがっていた。相当泣いたのだろう。

わかるわ……私も愛猫が亡くなった時、ショックのあまり高熱が出たし、泣きすぎて目が開けられないぐらい腫れたもの。

「昨日までは本当に元気だったんです。それが、今日になって急に……朝、庭を散歩して、いつものように草花を食べて、ご機嫌に過ごしていたのですが、それから間もなく倒れてしまったんです……」

部屋の真ん中には、ふかふかのクッションに寝かされたディアナがいた。身体の周りは、百合で飾られている。

「もう、危ないそうなんです……こんなに若いのに……せめて気分が良くなればと香油を焚《た》いて、ベッドの周りを百合で飾ってみたのですが、ちっともよくなる様子がなくて……」

そういえば、猫って……。

「駄目！　香油を焚くのをやめてください！　ラウル、カスト様、早く窓を開けて換気してください！」

「マルグリット？」

「いいから、早く！　それからこれも駄目……！」

ラウルが窓を開けたのを私はすぐにディアナの周りを飾っていた百合を退《ど》かした。

「な……っ……マルグリット様、何をなさいますか！」

ヤグルマ国王が止めに入るのを気にせず、私は百合をすべて退かした。

「猫にとって、香油も百合も毒なんです！」

「えっ！　そうなんですか⁉」

窓を全開にしても、まだかなり匂う。

「これは部屋を変えた方がよさそうです」

最近は前世の記憶が少し薄くなっていて、すぐ思い出せないこともある。猫についての知識も思い出すのに時間がかかった。

私がディアナを抱き上げると、ヤグルマ国王が手を伸ばす。

「マルグリット様、私が運びます……っ」

「あっ！　待ってください！　触ってはいけません！」

「えっ⁉　どうしてですか⁉」

「これだけ香油を焚いていたら、服に成分が滲みついているかもしれません。鼻から吸うのもいけないんですが、皮膚から吸収する場合もあるはずです」

「そんな……！」

ヤグルマ国王は出した手を引っ込めて、ディアナから距離を取る。

「ひとまず私の部屋に連れて行きますから、陛下は着替えてきてからお越しください！　それから、医師も呼んでください！」

「わ、わかりました……！　ディアナをよろしくお願いします……！」

私はラウルと共にディアナを自室に連れ帰った。

「えっ！　猫⁉　ラウル王子、マルグリット様、その猫ちゃんは、どうしたんですか？」

「話は後よ！　アンヌ、お湯とタオルをちょうだい」

「かしこまりました！」

「マルグリット、どうするんだ？」

「ディアナの身体を拭きます。効果はあるかわかりませんが、毛についた香油を拭きとった方がいいんじゃないかしら……」

全身の毛を拭き終わった頃、医師と共にヤグルマ国王が到着した。

「マルグリット様、ディアナは……」

「まだ、変わりありません。陛下、ディアナは庭で草花を食べた後に倒れた……と仰っていましたね？」

「ああ……いつもこの子は庭の草花を食べるんです。ですから、食べたことが原因ではないと思うのですが……」

「猫にとって有害な植物は、百合だけじゃないんです。もしかしたら、今日はたまたま有害な植物を口にしてしまったのかもしれません」

「そ、そんな……！　じゃあ、ディアナが急に体調を崩したのは、中毒症状で……？　わ、私が、散歩させたばかりに……私のせいでディアナが死んでしまう……」

ヤグルマ国王は膝から崩れ落ち、大粒の涙を流す。

「まだ諦めるのは早いです。先生、嘔吐《おうと》剤を打ってあげてください。とにかく毒を吐かせないと……それから輸液をお願いします！」

「わかりました！」

前世では、猫に中毒症状があるものを近付けないように徹底していた。でも、万が一を考えて対症療法も学んでいた。

まさか、今世で役に立つなんて……。

私たちは医師が処置するのを見守った。ヤグルマ国王は泣きながら、ディアナに呼びかけ続ける。

嘔吐剤を打って間もなく、ディアナは胃の中のものを吐き出した。

「あ……これは、チューリップじゃないかしら。チューリップも確か猫には毒です」

「知りませんでした……ディアナ、ごめんな……私のせいで……ごめんな……」

ディアナはすべて吐き終え、輸液をしてもらうと、幸い少量口にしただけだったので、少し動き出すようになった。

「ディアナ……よかった……ああ、よかった……」

ヤグルマ国王は大粒の涙を流しながら、ディアナに頬擦りする。ディアナは小さな声で鳴き、彼の頬を舐めた。

「マルグリット様、なんとお礼を申し上げたらいいか……まさか猫に食べてはいけない植物があったなんて……良かれと思って香油まで焚いて……私は知らずに、大事なディアナを殺してしまうところでした」

「猫は食べてはいけない草花が多いので、草花を食べる癖があるのなら、お部屋の中から出さずに育てた方がいいと思います。それかお外に出す場合は、絶対に目を離さずに食べさせないように気を付けてください」

「はい、そうします……本当にありがとうございました。あの、パシフィカ国は、猫についてお詳しいのでしょうか？　我が国では、そういったことは知られておらず……」

「いいえ、私も知りませんし、他の者も知らないはずです」

ラウルがジョセフ様とアンヌの方を見ると、二人も頷いた。

え、この世界では知られていないことだったの？　じゃあ、私が知っていたら、おかしいわよね。

それっぽい理由を考えないと……。

「では、マルグリット様は、なぜこんなに猫について、お詳しいのですか？」

「えっと、私は数年前までは寝込んでばかりいて、部屋から出られないので本を読んで過ごしておりまして。その時に読んだ本に書かれていたことを覚えていたもので」

どう？　それっぽいでしょう？

「なんと！　そうだったのですね。マルグリット様が博識なおかげで救われました。本当にありがとうございます」

よかった。なんとか誤魔化せたみたいね。

「とんでもございません」

ディアナが持ち直してくれたことで、ヤグルマ国王はパーティーに出席した。

ディアナには医師と侍女が付き添い、時折容態を国王に報告している様子が見られ、そのたびに安堵した表情を見せていたので、容態は落ち着いている様子だ。

よかった……。

パーティーを無事に終え、翌日、帰国の準備をしていると、ヤグルマ国王がディアナを抱いて部屋に尋ねて来た。

ディアナは昨日より調子がよさそうで、目がぱっちりと開いている。

「ラウル王子、マルグリット様、昨日はありがとうございました。おかげでディアナは持ち直しまして、今日は食事をとることもできました」

「よかった。食事を口にできるなら、もう安心ですね」

ラウルがそう言って微笑むと、ディアナがヤグルマ国王の手から降り、ラウルの足に頭を擦りつける。

ラウルの美貌は、猫にも通じるのね。

「ふふ、人懐っこくて可愛いですね」

「いえ、ディアナは私以外には懐かないんです。命の恩人のご婚約者ということがわかるのかな？ ディアナ、賢いね」

多分、そうじゃないと思うわ。

ラウルがディアナを抱き上げ、可愛がる姿は絵に残したいぐらい素晴らしかった。

大好きな推しと大好きな猫のコラボレーション！　はあ……眼福だわ！

「それで、お礼と言っては何ですが……」

パシフィカ国とヤグルマ国の間にある島には、貴重な特殊燃料となる鉱石が採れる山があった。

両国は八十年ほど前に友好条約を結び、その島の所有権を共有していたが、ヤグルマ国王はその所有権をすべて放棄し、パシフィカ国にくれることを約束してくれた。

「本当にいいのですか？」

「ええ、それくらい感謝していると伝われば幸いです。な、ディアナ」

「にゃぅっ」

ご機嫌なヤグルマ国王とディアナの後ろで、カスト様が真っ青な顔で頭を抱えていた。

そ、そうよね。本当に貴重な鉱石が採れるんだもの。

――後日、正式に所有権を放棄する書類が届き、島は正式にパシフィカ国のものとなった。

「……マルグリットの知識のおかげで、鉱山は我が国のものとなった。我が国の令嬢の中に、彼女以上の博識な者はいるか？」

ラウルは私を妃にすることに反対している者を集め、今回の一件を説明した。

「いえ、申し訳ございませんでした……」

「令嬢教育を受けていれば、こんなに博識になれるのなら苦労はしないだろうな。そもそも、マルグリットに令嬢教育が足りないと言っていたが、それは間違いだ。マルグリットは毒にうなされながらも、令嬢教育をしっかりと受けている。我が国の令嬢たちに、同じ真似ができるのか？」

「申し訳ございません……！」

「信用できないのなら、マルグリットに頼んでテストしてもらってもいいぞ。どうする？　ただし、これが真実の場合、どうしてやろうか」

「マルグリット公女以外に、ラウル王子に相応しいお方はいません。どうかお許しください」

特殊燃料となる鉱石は本当に貴重なもので、私を妃とすることに反対する者は誰一人としていなくなった。

まさか、前世の知識……しかも猫の知識が、自分を救うことになるなんて思わなかった。

こうして私は反対派の人たちからも認められ、無事にラウルの正妃として、迎えられることになったのだった。

番外編　目撃された秘め事

「おやすみ、ルネ……」

ルネが眠ったのを見届け、私は夫婦の寝室へ移動した。

「マルグリット様、お疲れ様です。本日もお休み前に蜂蜜酒を召し上がりますか？」

「ええ、お願い」

ソファに座って待っていると、アンヌが蜂蜜酒をお湯で割ったものを持ってきてくれた。

「寝酒は身体によくないそうなので、ホットミルクの方が良いかもしれませんが……」

「そうね。でも、今日だけ。明日からは飲まないわ」

「明日にはラウル王子が帰られますものね」

「ええ、だから、もう大丈夫よ。今日もありがとう。アンヌも、もう休んで」

「はい、それでは、おやすみなさいませ」

「おやすみなさい」

ラウルと結婚して、二か月が経った。

王城に引っ越し、新婚旅行も終え、王子妃としての政務を行うようになり、ようやくこの生活に少し慣れてきた……というところだ。

実は四日前から、ラウルは王族所有の領地の視察へ出かけている。天候に恵まれずに、戻るのは明日の昼になるらしい。

ということで、私は一人で眠っているのだけれど、ラウルがいないとなかなか寝付けなかった。

今までは一人で眠っていたし、ラウルと眠るようになったのは二か月しか経っていないのに、一人じゃ眠れないなんて、自分に驚いた。

「私ったら、ラウルに依存しすぎね……」

全然眠れなくて焦った私は、ジャンお義兄様の話を思い出した。

ジャンお義兄様もかなり寝つきが悪く、寝酒に頼っているそうだ。私も真似して飲んでみたところ、ようやく眠ることができたので、ラウルがいない間はお酒を嗜《たしな》むことにした。

ガルシア公爵家の血筋はお酒があまり強くないらしい。さほど強くないお酒を一杯飲むだけでも、かなり酔いが回る。

「はあ……酔っぱらってきたわ……」

明日には、ラウルがここにいるのね……ラウルが隣に居てくれたら、ようやくお酒なしで眠ることができるわ。

「ラウル……」

ラウルのことを考えたら、寂しくなってきてしまった。私はクローゼットの中からラウルのガウンを取り出し、匂いを嗅いでみる。

当然、洗われているから、なんの匂いもしない。

ラウルの匂いが嗅ぎたい……。

「あ、そうだわ」

私はふらつく足でラウルが愛用している香水を持ってきて、ガウンにシュッとかけてみた。大好きな爽やかな香りがふわりと広がる。

これを抱きしめて寝れば、ラウルと寝ているような気分になれるかもしれないわ。

「うっふっふ、ナイスアイディアね」

お酒をすべて飲み終え、ほどよく眠くなってきたところで、ラウルのガウンと一緒にベッドに入った。

目を瞑ると視覚が遮断され、他の感覚が鋭くなる。

ラウルの香りとは、少し違う気がする……ああ、そっか、香水って、付けているその人の匂いと混じって香るっていうものね。

ラウルに会いたい……今頃ラウルはどうしているかしら。

いつもならこの時間は、ラウルと愛し合っている時間だ。おやすみのキスから始まって、二人で生まれたままの姿になって、それから――。

「……っ」

想像したら、身体が熱くなってきた。

お酒のせい……？

ラウルがいつも指や舌で可愛がってくれる乳首や、割れ目の間がムズムズして堪らない。

「ん……っ」

自分で触れてしまいたい衝動が押し寄せてくるけれど、私は首を左右に振った。

だ、駄目よ！　自分でするなんて、そんな、いやらしい……！　はしたないわ！

変なことを考えていないで、眠りましょう。明日になれば、ラウルは帰って来るわ。

身体の火照りを無視して目を瞑ると、すぐに眠気がおりてきた。でも、ラウルに触れられる淫らな夢を見てしまい、目を覚ますとますます身体が熱くなっていた。

「な、なんて夢を見ているの……」

胸の先端は完全に起《た》ちあがり、秘部は濡れているのがわかる。

「……っ」

ああ、もう、我慢できない……。

寝ぼけているせいか、難しいことが考えられなくて、理性が働かない。私はブランケットを避けて、胸元のボタンを外し、胸を露わにした。

ラウルはいつも、こうして……。

指先で胸の先端を弄ると、甘い刺激が生まれる。

「ん……っ……」

ムズムズして、くすぐったくて、気持ちいいわ……でも、ラウルに可愛がってもらう方が、ずっと気持ちいい。

触れていると、どんどん硬くなってきた。乳首を抓んでみると、さらなる刺激が訪れる。

「ぁんっ！」

気持ちいい……。

私は両方の乳首を抓み、くりくり転がしてみる。

「ん……っ……んんっ……は……ぅ……んんっ……」

すごく、悪いことをしている気分だ。でも、とめられない。

あ、そうだわ……。

ラウルの香水をしみ込ませたガウンを鼻に押し当てた。

「ラウル……」

目を瞑るとラウルに触れられているような感覚がほんの少しだけあって、ますます興奮してきてしまった。

乳首を弄っているうちに、割れ目の間がどんどん切なくなってきた。

「はぁ……んぅ……」

ここにも、触れたい……。

私はドロワーズを脱いで、片方の胸を弄りながら、割れ目の間に指を滑らせる。クチュッと淫らな音がして、ヌルリとした感触が指先に伝わってきた。

こんなに濡れているわ……。

蜜を纏った指で、敏感な粒をヌルヌルと転がした。

「ぁんっ……はぁ……ぁんっ……んんっ……」

乳首を弄る以上の快感がやってきて、私は夢中になってそこを弄った。足元からゾクゾクと絶頂の予兆がやってきて、腰が震える。

「ん……っ……ラウル……ぁんっ……ラウル……んっ……んっ……ぁ……っ……いっちゃ……ぅ……っ……んっ……んんっ……あぁぁぁっ……」

私はラウルのガウンの香りを目いっぱい吸い込み、絶頂に達した。

ラウルにしてもらう時と違って、達した時に胸の中が幸せな気持ちになることはなく、虚《むな》しさが襲ってくる。

私、何をしているのかしら……。

手を洗ってこようと目を開け、身体を起こしたその時、誰かがベッドの前に立っているのが見えた。

「きゃ……っ⁉」

だ、誰……⁉

「あ……驚かせてごめんね。俺だよ。ただいま、マルグリット」

「ラウル……⁉」

「うん、俺だよ」

ラウルはランプを付け、にっこりと微笑む。

「えっ！　い、いつから、そこに……」

「う―ん、結構前からかな。俺の名前を呼びながら、乳首と可愛いところを指で一生懸命弄っている時に……」

「きゃ、きゃあああっ！」

全部見られていただなんて……っ！

初めて裸を見られた時も、秘部を明るい所で見られた時も恥ずかしかったけれど、それを遥《はる》かに超える恥ずかしさが押し寄せてきた。

私はもう黙っていることができず、ブランケットを頭からかぶった。

「ど……っ……どうしてラウルがいるんですか？　お帰りは、明日だって聞いていたのに……っ」

「マルグリットに会いたくて、ものすごく頑張ったんだ。もう起きていないだろうから、寝顔を見て、隣で眠ろうと思っていたんだけれど……まさか、こんな素敵なところを見ることができるなんて思っていなかったよ」

弾むような声だった。

なんだか、喜んでるような気がするのは、気のせい……っ⁉

ギシリとベッドが沈む。彼が座ったようだ。

「マルグリットも、一人でするんだね」

ラウルの声が近くから聞こえる。ブランケットを避けたら、すぐ傍にいるみたい。

「うぅ……っ……こ、これ以上、何も仰らないで……」

「こういうことは、いつから覚えたの？　俺と身体を重ねる前から？　それとも、後から？」

えっ！　いつもこういうことをするって思われている⁉

「ち、違います！　今日が初めてです……！」

「ん？　あれ？　これって、俺のガウン……俺の香水も付けてある？」

き、気付かれてしまったわ……。

私はブランケットから手を出し、ガウンを引っ張る。

「もしかして、俺のことを考えながらしてくれていたの？」

ラウルにブランケットをめくられ、隠れるところがなくなってしまった。こんなことをしても見られた事実は変わらない。でも、恥ずかしすぎて合わせる顔がない。

「ねえ、マルグリット、教えて？」

ラウルが私の上に覆い被さってきて、唇を重ねてきた。

「んん……っ……んぅ……」

四日ぶりのキスはとても甘く、身体がまた熱くなってきてしまう。

「キス……していたら、話せません……」

「ああ、そうだね。でも、したくて……ん、お酒の味がする……飲んでいたの？」

「一人でいると、眠れなくて……お酒を飲むと、よく眠れると聞いたものですから……」

「ふふ、そっか、俺もマルグリットが隣に居てくれないと、眠れなくて困ってたんだ。一緒だね」

ラウルも同じ気持ちなのが嬉しい。でも、今はそれどころじゃない。

「……それで、俺のことを考えてしてくれていたの？」

「……っ……」

もう、覚悟を決めるしかない。

私は恥ずかしさのあまり泣きそうになりながら、頭を縦に頷かせた。

呆れられてしまったかしら。なんて、淫らな女だろうって思っているの？

恐る恐るラウルの表情を見ると、とても嬉しそうな顔をしていた。頬が赤く染まり、金色の瞳は情熱的に私を見下ろしている。

あ、あら……？

思っていたどの反応と違う。

「どうしよう。すごく嬉しい……」

「み、淫らな女だと、呆れていませんか？」

「まさか！　この四日間もだし、結婚前にマルグリットと会えない時は、いつもマルグリットのことを想像して、一人でしていたんだ。同じで嬉しい」

ラウルは私の手を取ると、指先をペロリと舐めた。その指は、私が秘部を弄っていたものだ。

「甘い味がするね」

「や……だめ……汚いです」

「汚くなんてないよ。世界で一番綺麗な指だ。俺のことを想って、この指で弄ってくれたんだね……ああ、嬉しい……」

まさか、喜んでもらえるだなんて、思わなかった。

「ねえ、マルグリット……お願いがあるんだ」

「なんでしょうか……」

「マルグリットが一人でしているところを、もう一度見せてほしいんだ」

「へぁ……っ!?」

とんでもないお願いに驚き、変な声がでてしまう。

「短い間しか見ることができなかったから、もっとじっくり見たいんだ」

「い、嫌です……っ……そんな……」

もう、あんな恥ずかしい思いをするのは嫌だ。

当然断ると、ラウルがあからさまに悲しそうな顔をした。

「どうしても?」

「……っ……ど、どうしても……です」

「マルグリット、お願いだよ。なんでもするから」

ラウルは私の手の平に、頬を擦りつけてくる。

か、可愛い……！　うう、こんなの反則だわ。

「マルグリット、見せて……？」

「少し……だけなら……」

「本当に？　嬉しいよ」

「す、少し……だけですっ……本当に、少しだけ……」

「うん、少しだけだね」

ラウルは身体を起こすと、私の前に座った。私も身体を起こし、先ほどブランケットの中で止めた胸元のボタンを開く。

露わになった胸に、ラウルの情熱的な視線を感じる。

「……っ……」

ラウルが見ていると思うと、恥ずかしいし、緊張する。

私は恐る恐る胸に手を伸ばし、さっきみたいに両方の胸の先端を指で弄った。

「ん……っ……んん……っ……」

指先で撫で、抓んでクリクリ転がしていると、ラウルが身を乗り出してその様子を見つめる。

「あ……ラウル……近い……です……」

「ごめんね。じっくり見たくて……ああ、なんて素晴らしいんだろう。マルグリットの小さな手で、愛らしい乳首がこんなに可愛くなって……」

あ……何……？　さっきより、私、感じているわ……。

それはラウルが見ているから？　それとも、さっき達ったばかりだから？

秘部が切なくなってきた。さっき触れたばかりなのに、ずっと触ってもらえていないと主張しているみたいだ。

私は片方の手を胸から離して、秘部に指を伸ばす。

「ん……っ」

割れ目の間に差し込むと、くちゅりと淫らな音が響く。それと同時に、ラウルがごくりと喉を鳴らした。

「ねえ、マルグリット……足を開いてもらえる？」

「え？　あ、足を……？」

「うん、マルグリットが秘部を弄っているところをよく見たいんだ」

「そ、そんなの……恥ずかしいです……」

いつも愛し合う時に見られているとはいえ、今は状況が違う。そういう時以上に恥ずかしい。

「お願い」

上目遣いに見つめられると、何でも言うことを聞いてしまいたくなる。

「……っ……わかり、ました……」

恥ずかしさのあまり、足が震える。

足を左右に開くと、秘部にラウルの熱い視線が注がれた。

顔から火が出そう……。

「綺麗だ……気持ちよくなったから、少し赤くなっているね」

うう、すごく観察されているわ……。

秘部にあった指を、ゆっくりと動かした。動かすたびにクチュクチュいやらしい音が響いて、羞恥心を煽ってくる。

「ん……っ……ぁんっ……んんっ……ん……は……ぅ……ん……っ」

身体がビクビク揺れて、息が乱れる。

やっぱり、さっきよりも気持ちいい……。

ラウルが、見ているから？

「ああ……マルグリットの細い指が、陰核をこねくり回して……すごく興奮するよ……こんなに幸せでいいのかな？　神に感謝しないといけないね……」

「ん……っ……そ、そんなことで……は……んっ……神様に感謝なんて……なさらないで……んっ……ぁっ……んっ……んっ……」

先ほどもそうだったけれど、秘部に集中すると乳首を弄る手が止まり、乳首に集中すると、秘部を刺激する指が止まる。

ラウルはどうして同時にできるのかしら。

「小さくて可愛い穴が、ヒクヒクしているね。次はここに指を入れるのかな？」

「指……は……入れないです……」

「どうして？　中を擦られるのも、好きだよね？」

身体に触れることに恥ずかしさはあっても、抵抗は感じなかった。でも、中を弄るのは、なんだか嫌だ。

どうしてかしら……。

答えはすぐに出た。中に入れるのは、ラウルじゃないと、嫌なんだわ。

「中は……ラウルじゃないと……嫌です……」

恥ずかしくてラウルの顔が見ることができずにいると、なぜか彼が私の後ろに回り、抱え込むように座った。

「あっ」

「マルグリット、キミはどれだけ可愛いと気が済むのかな？　もう、俺はキミに夢中になりすぎて、おかしくなってしまいそうだ」

「え？　んっ」

ラウルが私の太腿に手を置いた。触れてもらえるのかと思いきや、その手を私に握らせる。

「え？　あの……？」

「じゃあ、俺の手を使って」

……どういうこと⁉

「えっと、それは、どういうことで……」

「俺の指を使って、中を気持ちよくしてみてほしいな。それなら、嫌じゃないよね？」

とんでもない提案をされた。

「そ、そんなの、無理で……」

「どうして？　俺の指、嫌？」

「んぅ……っ……い、や……じゃないです……」

後ろから耳元で囁かれると、ゾクゾクする。さっきから、中が疼いて切ない。指を入れたら、きっと気持ちがいい。

「じゃあ、使って？　ね？　お願い」

頭がぼんやりしてくるのと相反して、身体の疼きが強くなっていく。私はラウルの手を掴んで、膣口へもっていく。

「こうした方がいいかな？」

ラウルは人差し指と中指を立て、膣口に入れやすく形を整える。膣口に宛がうと、今から受ける快感を想像し、お腹の奥がキュンと疼く。

ゆっくりと入れると、ヌププと淫らな音を立て、ラウルの長い指が呑《の》み込《こ》まれていく。

「は……んんっ……」

ラウルから入れてもらう時と、自分から入れる時の感覚はまったく違った。罪悪感と羞恥心が同時に襲ってきて、それが強い興奮を生んでいた。

「ふふ、すごい……マルグリットの中、ヌルヌルで、とってもあたたかいね……」

「んぅ……は、恥ずかし……」

「恥ずかしがるマルグリット、とても可愛いよ……さあ、この後はどうするのかな？」

「この後って……」

「指を入れるだけで満足なの？」

「……っ」

中にある一番感じる場所が、ムズムズする。ここを指で刺激したい。

「マルグリットの好きに使っていいんだよ」

甘い、悪魔のささやきのようだった。

理性より本能が勝って、私はラウルの指を操って、膣道を刺激した。指の腹を感じる場所に宛がって、上下に擦ると淫らな水音と共に、甘い快感が広がる。

「ん……ぁ……っ……は……んんっ……ぁんっ……ぁっ……ぁっ……んんっ……」

「ああ……可愛い……マルグリットが、俺の指を使って、気持ちよくなってくれるなんて……急いで帰って来てよかった……」

「ラウル……ご、めんなさ……んっ……んっ……ぁ……んんっ……」

「どうして謝るの？　嬉しいよ……マルグリット……見せてくれてありがとう」

感じて身をよじらせていると、お尻に硬いものが当たっているのに気付いた。

私が一人でしているのを見て、ラウルが興奮してくれている——そう思ったら、ますます身体が熱くなっていく。

「ラウル……大きくなって……」

「マルグリットのこんな可愛い姿を見せてもらって、興奮した……ねえ、俺もしていい？」

していい……って、一人でするってこと⁉

「は、はい……」

ラウルは大きくなったものを取り出し、上下に擦り始めた。

後ろだから見えない。でも、想像がより興奮を煽る。

足元からゾクゾクと絶頂の予兆を感じ、私はラウルの手を操るのをやめた。

「マルグリット……どうしたの？」

「あ、の……私……いき……そう……で……その……」

「ふふ、達きそうで、動くのが怠《だる》くなってきた？　じゃあ、俺に任せて？」

私が操っていたラウルの手が、自らの意思で動き始めて私の中を刺激し、私は首を左右に振った。

「や……待って……そうじゃなくて……」

「ん？」

「ラウルと繋がって、達きたいです……駄目ですか？　私の中に入るんじゃなくて、手でする方が……いいですか？」

するとラウルは私の中から指を引き抜き、私を押し倒し、唇に情熱的なキスをしてきた。

「ん……ふ……んん……っ……んっ……」

キスをしながらラウルは私の足を持ち上げ、大きな欲望を膣口に宛がった。すぐに腰を進められ、ヌプブと欲望が奥まで埋められていく。

「んん――……っ……」

「そんなわけないよ。マルグリットの中で、気持ちよくなりたい……」

「も……もう……入って……ぁんっ……は……んんっ……」

ラウルはすぐに激しく突き上げてきた。私は待ち望んでいた甘い快感に痺れ、大きな嬌声を上げて乱れる。

「マルグリット……四日間、ずっと恋しかった……ずっとこうして……キミを抱きたかったよ……」

「ぁんっ！　私も……です……ラウル……寂しかった……んんっ……ラウル……ぁんっ……ぁっ

「……ぁっ……んんっ……キスも……してください……」

「ああ、もちろんだよ……」

ラウルは私の唇に情熱的なキスをしながら、激しく突き上げてきた。

足元からゾクゾクと何かがせり上がってきて、私は今日二度目の絶頂に達した。一人でした時よりもずっと気持ちよくて、とても心の中が満たされる。

「一人でした時に達くのと……今、達ったのと……どっちが気持ちよかった？」

「や……っ……意地悪な……質問、しないでください……ぁんっ……あぁっ……」

「ふふ、ごめん……でも、聞きたいな……」

「……っ……そんなの……ラウルとの時の方が、ずっと気持ちいいです……」

ラウルの金色の瞳に、情熱の炎が灯《とも》るのがわかった。

「じゃあ……もっと気持ちよくしてあげるよ……」

ラウルがますます激しく突き上げてきて、達ったばかりで敏感になった身体が、歓喜の悲鳴をあげた。

「やぁんっ！　今、いってる……のにっ……だ、め……っ……ぁんっ……あぁっ……ラウル……ぁんっ……あっ……あっ……あぁ……っ！」

空が明るくなっても、私たちは会えなかった時間を埋めるように、お互いを求めて激しく求め合ったのだった。

あとがき

こんにちは、七福さゆりです。「授かりました！　さようなら！　転生令嬢の逃走子育て」をお手に取って頂き、ありがとうございました。お楽しみいただけていたら嬉しいのですが、いかがでしたか？　イラストをご担当してくださったのは、霧夢ラテ先生です！　霧夢先生、素晴らしいイラストを本当にありがとうございました！

本作は「シークレットベビー」をテーマに取り組ませていただきました。現代もので一度書いたことのあるテーマなのですが（ガブリエラ文庫プラスさまより発売中の「御曹司パパは子育てはじめました！　ママと息子を幸せにする方法」というタイトルです）ヒストリカルで挑戦するのは初めてだったので、新鮮かつ楽しかったです。

ここからは、作品の裏話をさせていただきますね。

マルグリットをルネごと溺愛する従兄のジャンお義兄様ですが、本当の妹としてマルグリットを溺愛しています。恋愛感情はゼロです。養子としてガルシア公爵邸にやってきた不安なジャンに、マルグリットが優しく接したことがキッカケです。

幼馴染のピエールは、マルグリットに恋しています。心地いい関係を崩したくないので、告白できずにいたら……という感じです。結ばれなくても、彼女と一緒にお茶をするだけでも幸せな気分になれるので、彼の今後の人生は、ほんのり切なさを感じながらも、なんやかんや幸せです。

ラウルは初めての時に早めにフィニッシュしてしまったことをたまに思い出し、恥ずかしくなって頭を抱えています。マルグリットの前では完璧でいたいが故です！

ルネが後半に●●されるシーンで（あとがきから読む派の方用に、ネタバレ回避で伏字です）マルグリットは傍から見れば愚かな行動を取ったと思うのですが、自分の大切な子供があんな目にあわされたら、絶対に正気でいられないだろうし、熟考なんてできないと思い、悩みましたがああいった行動をさせました。ですが、心の中では「もっとよく考えて！」「あなた一人で行ってもどうしようもならないよ！　待ってー！」と突っ込みながら書いていました！

……ということで、あっという間に埋まってしまいました。それでは、最後まで読んでいただき、ありがとうございました。またどこかでお会いできますように。

七福さゆり

ガブリエラブックスをお買い上げいただきありがとうございます。
七福さゆり先生・霧夢ラテ先生へのファンレターはこちらへお送りください。

〒110-0016　東京都台東区台東4-27-5（株）メディアソフト
ガブリエラブックス編集部気付　七福さゆり先生／霧夢ラテ先生　宛

gabriella books

MGB-116

授かりました！　さようなら！
転生令嬢の逃走子育て

2024年7月15日　第1刷発行

著　者　七福《しちふく》さゆり

装　画　霧夢《きりむ》ラテ

発行人　沢城了

発　行　株式会社メディアソフト
〒110-0016
東京都台東区台東4-27-5
TEL：03-5688-7559　FAX：03-5688-3512
https://www.media-soft.biz/

発　売　株式会社三交社
〒110-0015
東京都台東区東上野1-7-15
ヒューリック東上野一丁目ビル３階
TEL：03-5826-4424　FAX：03-5826-4425
https://www.sanko-sha.com/

印　刷　中央精版印刷株式会社

フォーマットデザイン　小石川ふに（deconeco）

装　丁　吉野知栄（CoCo.Design）

ISBN 978-4-8155-4342-6